Que la muerte te acompañe

Que la muerte te acompañe

↑↓

UNA NOVELA DE

Risto Mejide

ESPASA

ESPASA NARRATIVA

Diseño de cubierta: morato + infinito
Imagen de cubierta: © *Businessman Sweating in Elevator.*
John Sann / Gettyimages

Primera edición: marzo de 2011
Cuarta edición: marzo de 2012

Depósito legal: M. 12.350-2011
ISBN: 978-84-670-3625-1

Impreso en España/Printed in Spain
Impresión: Unigraf, S. L.

www.espasa.com
www.planetadelibros.com

Espasa Libros, S. L. U.
Avda. Diagonal, 662-664
08034 Barcelona

El papel utilizado para la impresión de este libro es cien por cien libre de cloro
y está calificado como **papel ecológico**

Para Julio Mejide Jiménez,
esto y todo lo demás,
hasta que la muerte me acompañe.

Parte uno

«No concibo que quien nada necesita pueda amar algo; no concibo que quien no ama nada pueda ser feliz».

Jean-Jacques Rousseau,
Emilio o De la educación, Libro IV.

1

Salvaslips senior para pequeñas pérdidas, 1 tubo de adhesivo para dentaduras postizas, envase de 24 daditos de caldo de pollo, masa y levadura para hacer pasteles, un brick de leche desnatada, gel de baño familiar, 200 gramos de jamón dulce cortado en lonchas muy finitas, 150 gramos de queso semicurado, lubina fileteada sin espinas y una botella de agua mineral con gas.

Toscano observó a aquella venerable anciana, feliz solo con pasar de este segundo al posterior, y no pudo reprimir la estocada:

—¿Esta semana tampoco la visitan los nietos?

La anciana dejó caer los pocos músculos faciales que aún sostenían su sonrisa, como si de pronto dejase escapar mil años de tristeza atrasada.

—No, aún siguen de viaje.

—Diga usted que sí, que ahora con eso del *low cost*, sale más caro quedarse en casa y tener que aguantar los pedos de la abuela. Son 34 con 20.

La anciana se quedó un par de segundos noqueada, hasta que recordó algo.

—Me han escrito un e-mail. —Se aferró a la única brizna de esperanza mientras contaba los 20 céntimos.

—Ya ve usted. Un e-mail. Para cuando le escriban una postal, que se la envíen al tanatorio. Gracias. Su tique. *¡Next!*

La anciana sacó del monedero un e-mail doblado hecho un gurruño.

—Mire, lo llevo siempre conm...

—*¡Neeeext!*

2 kilos de peras limoneras, 1 sandía, 1 zumo de naranja, leche desnatada, 500 gramos de cerezas, pack de 4 bebidas isotónicas, zumos multifrutas tropicales. Ya solo la cesta ocupaba el doble que su portador, un chavalín que no levantaba un metro del suelo, con la lista de la compra en la boca, un apetitoso bizcocho en una mano y un billete de 50 euros que sobresalía por todos los dedos en la otra. Toscano pasó los productos por el escáner y le preguntó:

—¿Cuántos años tienes, pequeñín?

—*Ziete.*

—Pues aparentas tres. Y merendando así de sano, cuando tengas mi edad, en vez de picha, lo que tendrás ahí abajo será un nabo. ¿Y sabes lo que les pasa a los nabos? Que muy sanos, muy sanos, pero solo se los acaban comiendo las pijas vegetarianas y las viejas estreñidas. Y tú no querrás llegar a mi edad y encontrarte mendigando una felación a las puertas de un geriátrico o, lo que es peor, a la salida de un súper ecológico... ¿Eh?

La carita del pequeño dibujó su primera tristeza.

—Mira, te voy a meter en la bolsa estos 200 gramos de grasas saturadas en forma de bollería industrial y estos 300 chicles con sobrecarga de azúcar especialmente perjudicial para dientes de leche solo con una condición: te lo tienes que comer TODO antes de llegar a casa y SIN que se entere mamá. ¿Me lo prometes? Dame ese pastelito —Toscano se lo comió de un bocado— y también esos 50 euros, que ya me hago cargo. *¡Next!*

La pobre mujer que estaba a continuación pesaba más de cien kilos, llevaba un carro lleno hasta decir basta y había presenciado aterrorizada la escena. Toscano la miró como el explorador mira al desafío y le hizo un gesto con el dedo para que se acercase.

La mujer dio un paso atrás y corrió despavorida a cambiar de cola.

—*¡Nex...!* —Al ver el siguiente cliente en la cola, la actitud de Toscano tiró de freno de mano con el consiguiente trompo—. Ho... hola.

2

Bollería industrial variada, crema antiarrugas protección 24 horas, yogur, yogur, otro yogur, ninguno *light*, un brick de leche entera, ron, 12 refrescos de cola, cacao en polvo, pan de molde familiar, helado *premium* con nueces de macadamia, pack de compresas maxi, 20 bolsas de basura gigantes, lejía de 5 litros, 6 velas aroma vainilla, sales de baño relajantes, 40 pilas AAA. Nada de fruta. Nada de verdura. Y, sobre todo, ninguna maquinilla de afeitar. Ya no. Por fin no.

A Toscano se le había soldado la lengua al paladar, como cada vez que veía a Paula, y solo acertó a recitarle el precio. Tenía ganas de decirle que ese farmacéutico tan estirado y tan capullo no le convenía nada, que no se castigase, que no se abandonase a una dieta hipercalórica aferrada a cualquier aparato a pilas y que una vez que reuniese el coraje para llenar esas bolsas con la vida de él, empezaría a ser muchísimo más feliz.

Había atendido a su ex en más de una ocasión, así que sabía de lo que hablaba. Cada quince días, el muy idiota salía antes de la farmacia, entraba solo en el súper y duplicaba su compra de productos básicos, pagando siempre con su otra tarjeta, de su otro banco, para su otra vida. Y a Toscano se le retorcía el alma sabiendo lo que sabía a este lado del consumo.

Hasta que un día se hartó y decidió pasar a la acción. Gracias a un desafortunado «fallo en el sistema», la tarjeta de fidelización contabilizó «por error» una de sus otras compras y la maquinaria del *Customer Relationship Management* hizo el resto. A los quince días, un detallado extracto denunciaría la situación y destaparía el engaño, para debacle de Paula y esperanza de Toscano.

Y aquí estaba ella, dieciocho días después, con el rímel echando raíces bajo sus enormes gafas de sol, demasiado preocupada por pasar desapercibida y visiblemente desvinculada de la aséptica liturgia de una compra rutinaria cualquiera.

Su carro era la clásica compra-refugio para hogares que se han truncado de golpe, deshecho todos sus nudos y dividido sus planes por dos. Una compra que iba mucho más allá de la mera supervivencia, pues la volvía mucho más pretenciosa. Una compra que intentaba ser analgésico y anestésico de un dolor que, lamentablemente en estos casos, no se salda con dinero.

Con lo maravilloso que sería poder abrazarla, pensó Toscano. Consolarla. Quererla bonito. Quererla bien. Les separaban una cinta y una caja registradora, sí, pero les unían cientos de transacciones, proporcionándole cuidado y bienestar durante casi tres años. Ese férreo control de calidad de todo lo que compraba, esa cuidadosa supervisión de las fechas de caducidad, esa eficiente gestión de las promociones a las que podía acogerse. Todo eso tenía que tener algún valor.

Mientras la ayudaba con las bolsas Toscano le pidió el DNI. Ella hacía tiempo que no necesita acreditarse, más bien era él quien necesitaba volver a ver esa foto carné de la que no se sentía nada orgullosa (lo sabía porque el primer día que la vio fue cuando utilizó y reutilizó el fotomatón de la entrada hasta que se quedó sin monedas).

De pronto, cuando estaba a punto de imprimirse el comprobante, Paula pidió que se detuviese un momento y salió disparada hacia el pasillo de higiene. La cola chistaba, se impacientaba y alguno incluso hizo ademán de empezar a poner productos sobre la cinta, intento que abandonó en cuanto sintió la mirada de Toscano clavada en sus intenciones. Paula volvió con algo en sus manos que trató de ocultar de la vista de curiosos y chafarderos.

Eran tres cajas de condones, tamaños S, L y XL, respectivamente.

Toscano miró a Paula con una mezcla de ira, súplica, tristeza.

—Lo siento, ya he pasado tu tarjeta... no pretenderás que la vuelva a pasar...

3

LIMONES, por A. B. Toscano

Limones. Eso es todo lo que me ha dado la vida hasta ahora. Limones, limones y más limones. Al principio, uno trata de poner buena cara. Ah, mira, un limón, medio limón. Habrá que tomárselo. Apechuga, muerde y calla. Pero cuando llevas chupando treinta años a razón de limón diario, se te va poniendo cara de Fary, ánimo de guardia civil y cuerpo de tonadillera.

Yo nací ya muy limón. Todos nacían naranjitas, rosaditos, ideales, deseados y monos, y yo nací pálido, feúcho, apestoso, rugoso y de penalti. En vez de llorar, salí pidiendo perdón por las molestias. Me dieron el alta en el hospital enseguida para no dañar la reputación del centro.

El colegio, más que colegio, fue plantación cítrica. Por una parte, el cuerpo docente sostiene la falsa creencia de que los limones maduramos antes si se nos aplica una buena dosis diaria de correctivos cervicales de atención, también conocidos como «collejas».

Por otra parte, los niños son muy crueles, eso lo sabemos todos. Pero es que con los años, lo único que aprendemos es a disfrazar la crueldad. A la burla, cuando le añades unos añitos, se le llama discriminación; a la gamberrada, violencia; al patio, ocio; a los deberes, marrones; al bocadillo, café; al profesor, jefe; a las notas, salario; a la pizarra, proyector; y al acoso, acoso.

Quizás por eso mi vida laboral no ha sido mucho más fértil que mi vida académica. Cámbiame el pupitre por una caja registradora, el plumier por un escáner y los libros por productos en un lineal, y soy el mismo Toscano de siempre. El que lleva treinta y pico años cateándolo todo, el que ya no hay septiembre que lo arregle.

Mi único don, si es que se le puede llamar así, sería el don de la observación. Creo que soy bueno en recopilar datos e interpretarlos para extraer un patrón, tal y como haría un científico experto en esta disciplina a la que llamamos vida.

Hablando de vida, me he enamorado tantas veces como me lo ha permitido mi autoestima. He cicatrizado tantas veces como me lo ha permitido la piel.

Y, sin embargo, durante todo este tiempo, no he conocido a ninguna mujer que estuviese esperando a la comida del domingo en casa de sus padres para, a la hora de los cafés, con puro y copa en mano, poder alardear de salir con el mejor cajero de supermercado del mundo. Sí que he conocido a muchos capullos a los que les encantaba preguntarme mi profesión en público, a lo que siempre he contestado algo parecido a «soy el que le vendió a tus padres los condones más desperdiciados de la historia».

Un día, ese día que siempre llega, el típico listillo te cuenta que si la vida te da limones, pues que hagas limonada. Suele ser tras una copiosa cena en su casoplón con servicio, junto al bótox tras el cual aseguran que se halla su mujer y después de haber tenido que escuchar durante toda la noche la cantidad de limones que le llevaron a poseer una plantación de naranjas.

Pero cómo le cuento al naranjero que ya monté varias plantas de fabricación que exportan limonada a diecisiete países y que aun así me sobran toneladas de limones cada año. Cómo le explico que a mí lo de las naranjas me lo han contado, porque no las he visto ni en un bodegón. Y lo más importante, cómo coño le callo la boca.

Por qué será que la gente que ha tenido suerte en la vida es justo la que nunca tiene problemas en alardear de sus limones. Por qué será que cuando te dicen que hay que probar muchos limones, en realidad te están invitando a desaparecer del mundo hasta que no consigas tu primera gran naranja. Y eso sí, si jamás tienes la suerte de conseguirla, más vale que te largues de este mundo bien calladito y sin molestar.

En fin. Supongo que todo este rollo de limones y naranjas no justifica que me dedique a tratar a la gente como la trato. Pero igual así entiendes el principio de tanta acidez.

4

—Buenos días.

El siguiente en la cola no llevaba ningún producto en sus manos. Toscano se quedó mirando la cinta transportadora unos segundos, esperando que el hombre depositara alguna razón para no tener que empezar a pensar, hasta que levantó la vista.

—En qué se basa.

—¿Es usted Toscano?

Toscano cultivó esos segundos de silencio que surgen como la mala hierba entre las grietas de cualquier diálogo hostil, tiempo justo para improvisar una respuesta entornada.

—Depende, ¿quién pregunta?

—Tenga.

El desconocido le facilitó su tarjeta de visita, lo más parecido a una citación en pequeño formato. Toscano leyó su contenido y casi se la tiró a la cara, una cara de esas que siempre te suenan de algo.

—Muy gracioso. ¿Quién le envía? Que hoy no estoy para cachondeos. *¡Next!*

Toscano volvió a lo suyo e hizo ver que no se sentía intimidado. Sin embargo, le costó mucho seguir fingiendo cuando el desconocido acercó su cara a la distancia a la que la colonia de un hombre se la juega.

—No, el cachondeo era lo de antes. Ahora empieza lo que va en serio. Acompáñeme y no habrá líos.

El desconocido agarró a Toscano por el brazo, quien intentó zafarse del seudosecuestro a plena luz del día mientras elevaba el tono de voz.

—¿Pero qué me está diciendo? Oiga, haga el favor...

El hombre arrastró la oreja de Toscano hasta la orilla de su halitosis.

—Le estoy diciendo lo que acaba de leer. Que si yo estoy aquí es porque USTED acaba de morirse. Que ESO de ahí es su propio cadáver. Y que HOY es el primer día del resto de su muerte. Venga, va, que hay prisa y mucho trabajo que hacer.

Toscano miró al suelo. Ahí, tendido e inmóvil, estaba Toscano.

Antes de que pudiese reaccionar, el desconocido abandonó por un momento su tono lúgubre y trascendental para preguntar, como quien no quiere la cosa:

—¿Te puedo tutear?

5

Paula abrió la puerta de su casa y se dirigió a la cocina para dejar la compra. En cuanto dejó la última bolsa, notó algo extraño, como si las cosas hubiesen decidido reagruparse de manera distinta para llamar su atención. Con la intención de confirmar sus sospechas, se dirigió al salón. Y, efectivamente, lo entendió todo.

El piso estaba semidesértico. Era como si le hubieran robado exactamente la mitad de casi todo. Quedaban la mitad de los libros, la mitad de los CDs, la mitad de las películas, la mitad de su vida. La otra mitad se la había llevado él, aprovechando su ausencia.

Paula se sentó en su mitad de sofá y contempló lo vacía que había quedado la otra mitad de su existencia. Y se volvió a preguntar por qué nos empeñamos en llenarla siempre con otra persona. Por qué llevaba años empalmando una pareja con la siguiente. Por qué, de todas las cosas difíciles e importantes que había aprendido a lo largo de estos años, nunca figuraba en la lista la asignatura pendiente de estar sola.

Otra vez a desilusionarse. Otra vez a perder las ganas. Otra vez a olvidarse de los hombres, a reírse de ellos con esa risa que bien podría confundirse con llanto. Otra vez a recuperar la ilusión. Otra vez a creer que será diferente. Otra vez a emocionarse con algo distinto. Y otra vez a vivir una mentira. Otra vez a descubrirla. Otra vez a desengañarse. Otra vez a quitarse media vida. Otra vez a quedarse sola en su medio sofá.

Como si de una venganza de cínicos se tratase, Paula había comprobado que su corazón era siempre divisible por la mitad. Y luego por la mitad de la mitad. Y después por la mitad de la mitad de la mitad. Y así infinitamente. Pero de lo que nadie le había advertido es de que cada vez que lo dividimos, los sentimientos que puede albergar nuestro corazón son más pequeños.

Y eso era justamente lo que le estaba pasando a Paula. Que siempre que se enamoraba quería con todo el corazón, sí, pero con todo el corazón que le quedaba. Esa era la parte que nunca nadie le preguntó. Me quieres, sí, pero con cuánto.

Paula cogió los condones de una de las bolsas del súper, se dirigió a su medio dormitorio y abrió el medio cajón del desconsuelo, la parte de su mesilla que solo se abría en caso de media emergencia. Allí guardaba la desesperación de los intermedios: un folleto de un banco de esperma y un consolador. Pero también dos paquetes de *kleenex*.

Fue entonces cuando dibujó media sonrisa y enjugó la mitad de todas sus lágrimas.

6

Toscano seguía mirando su propio cadáver, aún sin asimilar lo que tenía delante.

La sensación le recordó a cuando se miraba en el espejo durante demasiado tiempo. Al principio, siempre se daba por visto. Todo lo que contemplaba era lo que ya suponía. Pero suponerse es siempre mentira, más que nada porque se corre el serio peligro de pasar por alto la inefable acción de ese cincel invisible al que llamamos tiempo. Al cabo de un rato mirándose fijamente, dejaba de suponerse y empezaba a verse como le vería alguien que no le hubiera visto jamás. Se descubría detrás del que creía ser. Era una actualización de suposiciones. Y ahí era donde tenía que dejarlo. Porque como siguiera mirándose, como siguiera indagándose y descubriéndose, podía acabar siendo un extraño para sí mismo, podía acabar viendo a otro que poco o nada tenía que ver con él.

Y ese era precisamente el punto en el que se encontraba ahora. Preguntándose por qué ese cuerpo frío e inerte llevaba su misma ropa, su mismo peinado, su mismo todo. Por qué la gente del súper se arremolinaba para tratar de reanimarlo. Por qué nadie se fijaba en él, tan verdadero, intangible, inmóvil e incapaz de reaccionar.

«Paula». Era el único pensamiento que ya había empezado a inundar su voluntad y sus lagrimales. La había querido todo lo posible en este mundo, la había amado todo lo amable en esta vida, la había adorado todo lo que se puede adorar y, sin embargo, ahora todo eso quedaba en ninguna parte, para ningún a quien. Porque amar en silencio no es nada. Porque quien ama en secreto, muere en soledad. «Mal momento para aprender una gran lección», pensó. ¿Y cómo sabía que era una gran lección? Porque las grandes lecciones son las que llegan en los peores momentos.

Aprovechándose de un Toscano más aturdido que nunca, el desconocido tiró de su brazo para llevárselo de allí.

Con los músculos aún agarrotados, Toscano solo era capaz de sentir la fuerte presión que ejercía ese hombre sobre su brazo, que lo arrastraba calle abajo y mundo arriba.

7

Antes de que pudiera darse cuenta, Toscano y su misterioso guía se hallaban ante un ascensor de esos a los que se accede directamente desde la calle, con la diferencia de que se encontraba justo en medio de una plaza y de que a este ascensor le faltaba el edificio.

Toscano había pasado por esa plaza cientos, miles de veces, en su peregrinaje diario de casa al súper o viceversa, y juraría que jamás había visto esa estructura allí plantada.

Se trataba de una pieza sólida de aluminio pulido, de diseño básico y minimalista. «La habrán construido de un día para otro», conjeturó Toscano. Y en ese momento, echó de menos los tiempos en los que las grandes ciudades eran lugares previsibles.

Las puertas del cubículo se abrieron al son de unos acordes que a Toscano le recordaron la sintonía de los Simpson. Ahí fue cuando notó que empezaba a volver en sí. El desconocido hizo el gesto de cederle el paso, pero Toscano ni se movió.

—¿Quién eres? —preguntó con un hilo de voz.

—Ya te di mi tarjeta.

El hombre hizo ademán de insistir para que Toscano entrase en el ascensor.

—Yo no voy a ningún sitio si no me dices quién eres y qué está pasando aquí.

De un plumazo, el desconocido borró de su cara cualquier resquicio de sonrisa pasada, presente e incluso futura, para volver al tono amenazante, lúgubre y trascendental con el que se habían conocido.

—Piensa en lo que acaba de suceder, Toscano. ¿De verdad te parece que puedes poner tú las condiciones?

El hombre prosiguió su discurso, dejando a Toscano al borde de un precipicio retórico.

—Sé que ahora mismo tienes muchas preguntas, y más que te van a surgir. Las respuestas están en camino, te lo aseguro. Te prometo ir resolviendo lo que esté en mi mano, pero también créeme si te digo que tenemos muy poco tiempo y muchas cosas que hacer.

Al comprobar que Toscano no movería ni un músculo si no había respuesta, el hombre dejó caer un suspiro de impaciencia, se empezó a liar un cigarro y se dispuso a contestar.

8

QUIÉN SOY, por Max

Quién soy. Ahora va y me preguntas quién soy. ¿De verdad no te sueno?

He estado ahí cada vez que te jugabas la vida, pero también cada vez que hacías que vivirla mereciese la pena. He estado ahí cada vez que aprendías a valorar lo importante, pero también cuando lo acababas confundiendo siempre con lo simplemente urgente.

Y ahora me preguntas quién soy.

Estuve siempre a tu alrededor, cuando abusaste de los triglicéridos, cuando le pediste la mano a esa chica, cada vez que follaste sin condón. Jugabas conmigo, y yo siempre entré al trapo, nunca te dije no.

Yo te enseñé a conjugar todos los tiempos del verbo preocupar. Y también te enseñé la cantidad de cosas que sí tenían remedio. Yo te puse el hasta cuándo para que tú pudieras dedicarte en cuerpo y alma al hasta dónde.

Mientras tanto, me he ido llevando uno por uno a todos tus mayores, algunos demasiado pronto, pensarás, otros después de mucho dolor, pero lo cierto es que te he ido empujando a ti y a los de tu generación a la primera línea de este acantilado contra el que choca todo el llanto del mundo.

Gracias a mí tuviste miles de oportunidades para darte cuenta de lo equivocado que estabas. Pero no te apures. Hicieras lo que hicieras, la respuesta era siempre otra, el final era siempre igual.

Aquí recalan los barcos de cualquier eslora, por vanidosos que fueran. Aquí se igualan todas las fortunas, por escondidas que estén. Este es el principio del olvido y el final de todos los recuerdos.

Soy noticia en todos los telediarios. Salgo en todas las películas que valgan la pena. Y no hay libro en el que no se me haga mención.

Hay gente que solo piensa en mí desde que nace, y hay gente que se mete en una misma oficina y me dedica toda su vida, aunque también hay quien actúa como si no existiese, y gente que vive como si le diera igual. Hay gente que incluso se alegra de verme.

Soy quien le da sentido al reloj, al placer, al riesgo y a la vejez. Soy el fundador de cualquier religión.

Algunos me llaman la Parca, otros la Huesuda o la Pelona, y otros no me llaman de ningún modo, no vaya a ser que acuda.

Pero tú puedes llamarme Max, y soy tu guía para el más acá. Ahora, súbete al puñetero ascensor YA o no llegamos.

9

Toscano avanzó su pie izquierdo hacia el ascensor de aluminio. Tras comprobar que se trataba de terreno sólido y fiable, introdujo el resto del cuerpo. Max entró a continuación y pulsó el único botón que estaba a la vista. La sintonía televisiva volvió a sonar y las puertas se cerraron.

Aquello parecía que ni se movía ni tenía la intención de moverse. Toscano miró a Max, con la mirada que ponemos todos cuando algo no funciona y estamos dentro de ese algo. Este salió al paso de la ansiedad de su acompañante:

—No somos nosotros los que se tienen que mover.

Justo cuando Toscano empezaba a decodificar las implicaciones físicas de esa frase, las puertas del ascensor se volvieron a abrir. Y lo que apareció tras ellas, no solo no aclaró sus dudas, sino que las introdujo en la centrifugadora de las nuevas preguntas: había otra puerta hacia nada más y nada menos que... otro ascensor.

Sin embargo, a diferencia del ascensor en el que viajaban Toscano y Max, este segundo ascensor era mucho más básico y estaba fabricado en madera de notario. Además, en él iba mucha más gente, todos vestidos de traje y corbata, todos mirando reglamentariamente hacia arriba y todos guardando el silencio que se impone en cualquier ascensor que se precie.

Max aprovechó el momento para empujar a Toscano.

—Aquí hacemos transbordo.

Huelga decir que nadie reparó en Toscano ni en Max cuando cambiaron de ascensor para continuar su viaje. Lo único que se escuchó fue la voz de un hombre desde el fondo del cubículo que, después de chistar, refunfuñar y negar con la cabeza, espetó a su cautiva audiencia: «A ver si pulsamos SOLO los pisos en los que nos bajamos». Max se giró hacia Toscano para seguir explicándose.

—Cada vez que se abren las puertas de un ascensor y ningún vivo sube o baja, es que se está produciendo tráfico de almas.

Toscano puso cara de «no me creo que le hayáis puesto ese nombre».

—Sí, lo que estoy haciendo contigo, llevar tu alma de un sitio a otro. O hablando con mayor propiedad, llevar tu alma de un estado a otro.

—¿Y a qué estado la llevas, digo, me llevas? —preguntó Toscano, aprovechando la repentina incontinencia informativa de Max.

—Te estoy llevando al único punto a partir del cual solo te puedes llevar tú mismo.

—Y eso, en cristiano...

—Los cristianos creo que lo llaman las Puertas del Cielo.

10

Toscano reparó en el físico de Max. Un hombre fuerte, atlético, altura como para no tener demasiados complejos, pero no lo suficiente como para asistir tranquilo a los conciertos, pelo azabache cortado a lo marine, músculos forjados a base de mucho gimnasio y poca lectura, piel dorada al calor de rayos UVA de tercera generación y un pequeño pendiente de esos que tienes que vigilar en qué oreja te lo pones si no quieres emitir el mensaje equivocado.

En cuanto al atuendo de Max, emitía señales demasiado evidentes para alguien como Toscano, que empezaba a sentir que sus aptitudes volvían en sí. Traje a medida, de corte italiano forzadamente entallado, camisa estrenada en el día con marcas de embalaje, cuello inglés bicolor y puño vuelto para gemelos, que, por supuesto, eran de oro blanco y perfectamente simétricos, de los que ya no se fabricaban, de los que ya solo se conseguían por herencia. Si se hubiera tratado de un vivo, Toscano ya habría averiguado que Max estaba soltero, huérfano, ocioso y depilado.

—Mucha pinta de muerte no tienes…

—Técnicamente, soy un agente de almas. Digamos que estoy aquí para que tú también accedas a la mejor Vida Eterna que puedas conseguir.

—Vamos, lo que hacen los ángeles.

—No exactamente.

—San Pedro.

—Ya te he dicho que me llamo Max.

—¿Entonces?

—Entonces nada. Lo de san Pedro fue al principio, cuando lo llevaba todo él en persona, cuando había tiempo para todo el mundo. Uno por uno, examinaba, analizaba y decidía, con la ayuda de los ángeles y los santos, quién merecía el Premio Eterno y quién tenía que arder en el infierno. Pero ese panorama tenía sus días contados. ¿Conoces a Malthus?

—¿Debería?

—Bueno, si entras, te lo presento.

—¿Si entro?

—El tema es que por culpa de la penicilina, la anestesia y otros avances, los *new business* erais cada vez más, los ángeles, los de siempre y los santos, cada vez menos. No había nadie suficientemente cualificado que pudiera echar una mano para hacerse cargo de las llaves del cielo. La gente se moría, san Pedro se encontraba muy desbordado y cada vez costaba más realizar un examen de conciencia pormenorizado de cada individuo para decidir si entraba o no en el Paraíso. Un poco como vuestro sistema judicial, pero a lo bestia. Se cometieron algunos errores...

—¿Errores? Ah, ya. Gente que no entró.

—Peor: gente que entró y que jamás debería haber entrado.

—Gente como yo...

—Maquiavelo. Robespierre. Quevedo. Sade. Heidegger. Nietzsche. Jung. Lo habrás notado más de una vez.

—¿Yo?

—Sí, cada vez que entra en el cielo alguien que no debería haber entrado, todos los vivos pierden la concentración a la vez. Lo notan especialmente los lectores. Si justo en ese momento estás leyendo un libro, un periódico, o lo que sea, de pronto te das cuenta de que llevas varias páginas pasando de puntillas sobre sus líneas, acariciando palabras con la mirada como quien acaricia espigas de trigo, pero con tu mente literalmente en otro sitio, en otras cosas que poco o nada tienen que ver con lo que estás leyendo.

—Vaya. Eso sí que me ha pasado. Y más de una vez.

—Pues imagínate. En fin, que así llegó el siglo XX, dos guerras mundiales, miles de epidemias, las hambrunas, el Tercer Mundo, huracanes, cambio climático y depresiones económicas. El Presi tuvo que tomar medidas drásticas.

—¿Arremangarse?

—Subcontratar.

—¿A la Iglesia?

—No, hombre, no, ¡qué tendrá que ver nuestra Agencia Inmobiliaria! Ellos ya tienen bastante con lo que tienen, haciendo crecer el patrimonio celestial y, aunque se sigan empeñando en lo contrario, estos asuntos hace tiempo que no son de su incumbencia.

—¿Entonces? ¿A quién?

—Recurrió a nosotros, los únicos profesionales que podíamos salvarle el culo.

Toscano dejó de mirar a Max para lanzar la pregunta con miedo:

—¿Mercenarios?

—Peor.

—¿Abogados? —Toscano no pudo evitar mezclar su miedo con cierto tono de asco.

—Aún peor.

—¿Políticos? —preguntó Toscano, y a su miedo asqueroso le añadió unos gramos de pena.

—Muchísimo peor.

—No sé... peor que políticos, me rindo...

—Publicistas.

11

El día transcurrió entre todo tipo de ascensores. Pasaron por ascensores de subida y de bajada, ascensores muy lujosos y muy ruinosos, ascensores de personas y montacargas, ascensores precoces que te llevaban en un momento y ascensores frígidos que nunca acababan de llegar, ascensores vacíos y ascensores en los que no cabían ni dos almas, ascensores con música indiferente y ascensores de un silencio estruendoso, ascensores cuya luz de hospital te dejaba ciego y ascensores que se quedaban a oscuras cada vez que sus puertas dejaban de parpadear, ascensores parados indefinidamente y ascensores que invitaban a estar sentado, y hasta llegaron a tomar algún ascensor que aún estaba en vías de reparación.

En cuanto a la gente —los *new business*, como les llamaba Max—, también la pudieron ver de todo tipo. Había gente que miraba arriba y gente que no miraba a ninguna parte, gente que gritaba callada y gente que no decía nada, especialmente cuando hablaba, gente que buscaba gente en otra gente y gente que se buscaba a sí misma, gente que juraba no llegar tarde jamás y gente que siempre salía demasiado pronto, gente que quería pero no podía y gente que ya no quería poder más; al final, mucha gente dormida y alguna gente con los ojos abiertos, pero muy poca gente despierta.

Toscano decidió que mientras aquel publicista le siguiera dando respuestas, él tenía que dejarse llevar. Nunca había sido demasiado creyente, así que lo vivía todo desde una perspectiva bastante folclórica —si es que vivir era el verbo adecuado para el estado actual de Toscano—.

No podía sentirse más intrigado y afectado por todo lo que le revelaba ese individuo que aseguraba estar llevándole ante las Puertas del Cielo. Toscano pensó en todas las veces que se lo habían prometido antes, con resultados más que dudosos. Y quién le iba a decir que, al final de sus días, no sería Paula, sino un tío cachas, tanoréxico, soltero, huérfano, ocioso y depilado el que se convertiría en el primero en cumplir tal promesa.

También es cierto que empezaba a sentirse exhausto de tanta pregunta, de tanto ascensor, de tanto vivo, de tanta muerte. La última revelación de Max le había dejado muy pero que muy confundido.

Por una parte, no quería convertirse en una duda con patas, ya que a cada respuesta de Max, notaba que validaba un tique en el bono invisible de preguntas permitidas. Y por la otra, no sabía cómo adivinar por sí mismo qué tendría que ver eso de «apariencias e intangibles» con el hecho de que Max fuese publicista y de que él fuese un difunto en toda regla.

Al final, no pudo contenerse y disparó como no se tiene que disparar: a bocajarro, sin ganas y sin querer.

—Yo no quiero morirme.

—Qué raro, todos los demás siempre confiesan que estaban deseándolo —replicó Max.

—Lo digo en serio. Todavía tengo mucho que hacer aquí.

—Sí, ya lo vi, estabas a punto de salvar al mundo detrás de tu caja registradora —dijo Max mientras se arreglaba los gemelos de la camisa.

—Te estoy hablando de gente que me necesita.

—Es verdad. Pero un momento, para que me sitúe, ¿de quién estamos hablando? ¿De la viejecita esa a la que humillaste y despojaste de toda esperanza sin razón alguna? ¿O del chiquillo al que destrozaste el futuro y la moral?

—Te estoy hablando de amor.

—¿Tú? ¿Amor?

—Sí, ¿qué pasa?

—Lo tuyo con Paula no es amor, lo tuyo es un *enchochamiento* que se pasa con un par de solitarios.

—¿Cómo... cómo sabes su nombre?

—Pero si ni siquiera sabe que existes.

Toscano sintió la estocada letal. Lo más sorprendente era que venía de alguien casi tan bueno como él en el enrevesado arte de la dialéctica destructiva, algo a lo que no estaba acostumbrado. De pronto, lo que él siempre había considerado que eran dardos se convirtieron en bumeranes.

—Pues no veo en qué me puede ayudar un publicista ahora que ya estoy muerto. —Fue el último intento de Toscano por salvaguardar lo que le quedaba de dignidad.

Max sonrió.

—Igual esto te ayuda —contestó—. Ya hemos llegado.

De pronto, sonó la música que llevaban todo el día sin oír, ahora mucho más próxima a la sintonía de la familia Adams que a la de los Simpson. Casi a la vez, se abrieron las puertas del último ascensor y lo hicieron de manera majestuosa, como cuando se abre un regalo, con la lentitud y parsimonia que todo envoltorio merece, pero sin disimular el ansia por descubrir su contenido.

—Señor Toscano, bienvenido al Paraíso.

—No puede ser.

Ante ellos se alzaba un edificio demasiado familiar para Toscano. Un edificio en el que él y sus padres habían perdido horas interminables durante cientos de sábados por la tarde buscando las mejores ofertas. Sí, era el alguacil de las cuatro estaciones, el custodio de las grandes rebajas, el edificio que albergaba unos conocidos grandes almacenes. Sí, era El Corte Inglés.

12

DIOSA, por Paula

He estado buena desde que tengo uso de razón. Mis padres querían ponerme Diosa, pero al final, por aquellas cosas de la vida, me pusieron Paula.

Siempre he despertado lo más instintivo y primitivo de los hombres. Ya de niña recuerdo al tío Andrés tocándose compulsivamente cada vez que me veía. Era entrar yo por la puerta y encerrarse en el lavabo. Pero es que antes que él, ya se habían tocado mi pediatra, el conductor del autobús escolar y hasta el ginecólogo que me trajo al mundo.

La primera palabra que aprendí a decir no fue ni mamá ni papá ni gugu ni tata. La primera palabra que aprendí fue no. Y la segunda, *nein*. Y así hasta en diecisiete idiomas. Era salir a la calle y empezar a repartir frustración. Eso sí, con un guiño y una sonrisa.

Y es que jamás he tenido que hacer nada para ligar. Mi secuencia de novios ha sido resultado de un minucioso casting, tras el cual la última fase estaba siempre reñidísima. El finalista se llevaba el polvo de consolación una tarde de lluvia en la que yo había discutido con mi novio. Y mis relaciones siempre han durado lo justo para que apareciese un nuevo candidato que retara al vigente campeón.

(Bueno, siempre no. Esta vez me había enamorado, o al menos eso creía yo. Hasta que me topé con su doble vida enmascarada bajo su otra tarjeta de fidelización, yo era feliz, muy feliz, extremadamente feliz. Mira si era feliz que había cerrado toda convocatoria de casting, y para que yo haga eso... En cualquier otro momento de mi vida, un cabrón así me habría destrozado, masacrado, humillado, ¿destrozado ya lo he dicho? Pero hay una NUEVA Paula que piensa disfrutar de la soltería y del sexo como si fuera un tío. Hay una NUEVA Paula que no necesita nada ni nadie para ser feliz. Y si no, al tiempo).

A lo que iba.

Mis mejores amigas han sido siempre las simpáticas. A los tíos les deben de parecer muy divertidos los aparatos en los dientes y las gafas de pasta, no sé. Pero el caso es que ellas siempre se llevaban los halagos más ocurrentes mientras que yo siempre he escuchado lo mismo: que si qué buena estás, que si no pareces real, que si dame tu teléfono. Qué manía con que les dé mi teléfono, si no tiene nada de especial.

Mis mejores amigos debían de querer ser todos hijos únicos, pues se pillaban rebotes o se deprimían mucho si les decía que para mí eran como hermanos. Nunca me han durado demasiado, me tenía que dar prisa en disfrutarlos pues tarde o temprano acababan declarándose y nos teníamos que despedir.

Ya he dejado de teñirme, porque me he dado cuenta de que soy rubia. Y cuando una es rubia, lo es a pesar de su color de pelo. Mis curvas están esculpidas a base de horas de dedicación en ese gimnasio secreto al que solo acudimos las diosas, ese en el que después de ducharnos todas juntas, nos secamos las unas a las otras, y mi sonrisa es lo más parecido a una puesta de sol que verás en tu vida.

Soy adorable. Una muñeca. Soy preciosa.

Bueno, en realidad no sé si soy tal como te digo.

Pero te apuesto lo que quieras a que es así como me ves.

13

Max se acercó a la puerta, una plancha de acero sólido, robusta, blindada y sellada, cuyos centímetros de grosor hacían números para ganarse el título de muro infranqueable.

—Aún no han abierto.

—Es un... es un Corte...

—No, no es UN Corte Inglés, este es EL Corte Inglés. Los que tú conoces fueron hechos a imagen y semejanza de este, el Verdadero, el Único, el Eterno, el Inmutable. Y también el primero en instaurar el horario comercial. Tenemos un rato para hablar. ¿Te apetece un café?

—Claro, fue morirme y pensar, qué bien me sentaría ahora un cortadito —ironizó Toscano.

—Hombre, siendo rigurosos ya no te puede apetecer nada.

Toscano estaba como para reírle los chascarrillos.

—Además —continuó Max—, ahí dentro nada irá al mismo ritmo que aquí fuera, ya lo verás.

—¿Y eso?

—Porque el tiempo dejará de empujarnos. ¿Café?

La cafetería, un garito enano a pocos metros de la puerta, sí estaba abierta y tenía su entrada independiente a pie de calle. Estaba como todas las cafeterías a esa hora de la mañana, ruidosa, frenética, atestada de gente y planteándole al cliente los dos primeros retos imposibles del día: 1) encontrar una mesa vacía, y 2) distinguir a los muertos de los vivos. «Igual por eso Max prefiere llamarlos simplemente *new business*», pensó Toscano.

Ocuparon una mesa que alguien había abandonado dejando una generosa propina.

—Te has muerto, Toscano. Es un hecho, es dato. Tú mismo has sido testigo del momento. Lo que ves ahora cuando te miras no es más que un manojo de recuerdos más o menos acertados de aquello a lo que antes llamabas cuerpo. Fíjate en tu culo.

—¿Perdón?

—Sí, mírate el culo un momento.

Toscano se levantó un poco para mirarse el culo. Y nada. No vio nada, porque allí no había nada. Ni un culo, ni una hucha, ni un par de nalgas, ni nada de nada. Solo el sillón sobre el que estaba sentado. Sobre el que estaba sentado utilizando nada.

—¿Lo ves?

—No.

—Pues eso. Es la parte de nuestro cuerpo que menos recordamos, por eso rara vez aparece. Bueno, por alguna razón, hay gente de la que solo llega hasta aquí su culo, normalmente culos preciosos, hidratados, firmes y turgentes, pero ese es otro problema. Lo tuyo es lo más frecuente.

—Pues mi culo no estaba tan mal.

—¿Le dabas UVA?

—No.

—¿Te lo depilabas?

—Nunca.

—¿Te lo mirabas siempre en el espejo antes de salir de casa?

—¿Para qué?

—Y apuesto a que tampoco le pusiste silicona.

—Pero ¿qué dices?

—Pues ahí está, no te obsesionaba. Aquí, lo que recuerdas es todo lo que eres, y lo que eres, en parte, es lo que alguna vez te obsesionó. De ahí que lo que no recuerdas no exista, como tu culo. Tu memoria es lo único que te has traído, y más te vale cuidarla, porque la necesitamos, es lo único de lo que disponemos para conseguir llevarte hasta el Presi.

—¿Y quién te ha dicho a ti que yo quiero que me lleven hasta el Presi?

Max se quedó sorprendido ante la contundencia de la respuesta.

—Hombre, he supuesto que hoy no te apetecería pudrirte en el infierno.

—Yo solo quiero que me lleven hasta Paula. Todo lo demás, para mí, es infierno.

—Qué bonito. Si no te importa, no lloro, que se me corre el rímel.

—Ríete lo que quieras. Pero lo digo en serio.

—Y yo también, Toscano. Yo también. No sé qué parte de «te has muerto» no has entendido, pero si quieres te pongo un fax. Y si realmente quieres volver a ver a esa chica, para tu información te diré que ya no puedes coger el teléfono ni presentarte en su casa ni hacerte el encontradizo en tu lamentable vida de *loser* cáustico tras la caja registradora. Aquí solo manda Uno. Y si quieres volver a verla, no me tienes que convencer a mí. Si quieres volver a verla, haznos a todos un favor: deja de dar por saco, llega primero hasta ese Uno y luego le cuentas lo que quieras. Porque Él es el único que te puede dar todo lo que deseas, o el único que puede quitártelo para siempre. Solo hay dos caminos posibles desde aquí, Toscano. Hacia arriba y hacia todo lo demás, o hacia abajo y hacia nada de cualquier cosa.

Toscano y Max se quedaron mirándose en silencio durante unos segundos.

—¿Y qué es lo que dices que hay que hacer para poder llegar hasta ese Presi?

Max sonrió lentamente y luego miró el reloj.

—Es casi la hora, están a punto de abrir. Damos una vuelta y te lo cuento por el camino.

14

—Deberías salir más, Paula.

—Odio salir.

—Se te nota. Y los hombres son los primeros que lo notan. Cuando yo tenía tu edad...

—Sí, ya, ya, ese ya me lo sé.

—Hija, qué rancia te pones.

—Perdona. Pero es que me cuesta encontrar qué es lo que se supone que me tendría que gustar de la noche.

—No sé... Arreglarte...

—Posproducirme.

—Quedar para cenar...

—Comer cuando no tengo hambre.

—Hacer amigos...

—Pagar a escote.

—Luego a tomar una copa...

—Beber cuando no tengo sed.

—Entrar en algún local de moda...

—Dejarme juzgar por un primate.

—Bailar un poco...

—Al son de música que jamás me bajaría.

—Charlar un rato...

—Leer los labios.

—Ahogar tus penas...

—A las mías les salieron branquias.

—Acudir a un *after*...

—Encontrar párking.

—Tomarte la penúltima...

—Degustar garrafón.

—Pasear a la luz de la luna...

—Esquivar vómitos y a sus autores mientras trato de distinguir a los primeros de los segundos.

—Ver amanecer...

—Convertirme en una calabaza a unas ojeras pegada.

—Volver a casa...

—Apestar a tabaco.

—Experiencia...

—Sueño.

—Recuerdos...

—Resaca.

15

Abandonaron la cafetería, no sin antes pagar sus cafés con la propina que habían dejado los *new business*. Toscano miró inquisitivamente a Max.

—El dinero de aquí se acuña con la generosidad de allá —dejó caer Max.

A Toscano le fascinó esa falta de solidaridad para con los vivos, pero a Max parecía no afectarle lo más mínimo y siguió hablando mientras se dirigían a la puerta.

—Para conseguir que entres en el cielo y llegues hasta Él, disponemos de tres ayudas fundamentales. La primera, como te he dicho, es tu memoria menguante. Hay que ser rápidos, el ritmo de olvido es proporcional a la importancia de lo olvidado. Al principio, empezarás olvidando chorradas irrelevantes, pero conforme transcurra el tiempo, cuanto más rápido se te vayan las cosas de la cabeza, más fundamentales empezarán a ser esos lapsus.

—¿No puedo hacer nada para evitarlo?

—Poca cosa, por no decir nada. Por eso es importante que me hagas caso en todo lo que te vaya pidiendo. Te lo pediré en el orden que en el que yo vea que lo vayamos necesitando, y es importante que, te pida lo que te pida, no me cuestiones NUNCA y que hagas un esfuerzo por recordar.

—De acuerdo a lo de recordar. Lo de no cuestionarte, siento decirte...

—Nunca.

—Entendido, entendido. ¿Cuál es la segunda ayuda?

—La segunda es tu capacidad de venta.

—¿Perdón?

—El cielo es como todas las altas esferas, hace tiempo que no importa demasiado lo que realmente pasó. Lo que importa de verdad es cómo lo vendes, cómo te vendes tú.

—No hay que ser bueno, sino parecerlo —apuntó Toscano.

—Exacto. Hay gente de la que todo el mundo piensa que arde en el infierno y, sin embargo, ahí está, a la derecha del Presi, pasándolo divinamente. Como Hitler, por ejemplo.

—¿Adolf?

—No, Henry. ¡Pues claro que Adolf! El mayor fiasco en la historia de la democracia llegó, vio de qué iba el percal, se montó una película, embaucó a todos con sus discursitos, y venga *parriba.*

—Pues los recuerdos de ese hombre no deben de ser muy agradables.

—No me estás escuchando, Toscano. Tus recuerdos tienen fecha de caducidad. No importa mucho cómo ocurrieron, sino cómo los vendes. Piensa que también hay ejemplos de gente que todo el mundo cree que está en el cielo y, sin embargo, no hubo misericordia para ellos y arden en el infierno.

—¿Como quién?

—La madre Teresa. Yo creo que se confió, o simplemente que su agente no hizo su trabajo, o lo que sea. El caso es que se plantó ahí, dudó, titubeó, fue poco clara, no estuvo nada convincente y, bueno, en poco tiempo fue invitada a abandonar el Paraíso.

—Pues vaya cielo más cutre...

—Más que cutre, ineficiente. Pero qué se le va a hacer... Es mucho más rápido que tener que repasar uno por uno cada minuto de tu vida, seleccionar lo más relevante y decidir si es suficiente como para merecer la Vida Eterna. Así, tú mismo haces la selección, tú te montas el *very best,* tú lo ordenas como quieras y tú lo vendes como mejor creas. Es más inexacto, sí, pero muchísimo más entretenido, dónde va a parar. La prueba es que desde que se externalizó la producción de historias ha subido mucho el nivel.

Max y Toscano se detuvieron ante las Puertas del Cielo, que parecían entreabiertas.

—Oye, ¿y la tercera ayuda? —preguntó Toscano.

—La tercera ayuda es la que le otorga sentido y calidad a las otras dos.

—¿En qué consiste?

—No es en qué, sino en quién.

—No me digas...

—Sí, amigo. La tercera ayuda soy yo.

16

LA PRIMERA CITA DE LA NUEVA PAULA

La primera cita de la nueva Paula no hubo por dónde cogerla. Fue un absoluto desastre. De principio a fin. Sin concesiones. Sin matices. Sin peros. No es aquello de «salvaríamos tal y cual parte», no. Aquí no se salvó ni el apuntador.

Para empezar, ya se conocían del trabajo. Buscarle el *glamour* a alguien a quien ves todos los días insuflándose café en vena, con la legaña aún puesta, no tiene mérito, tiene delito tipificado, concretamente incesto laboral. Es una ley universal muy poco escrita para lo mucho que se practica: las relaciones que nacen sin misterio mueren todas sin miramiento ni compasión.

Pero es que, además, él había estado esperando ese momento desde hacía muchísimo tiempo. Siguiente ley universal nada estudiada en los colegios, pero que si alguien tuviera el detalle de glosarla, nos ahorraría tantos y tantos momentos de infelicidad: las probabilidades de éxito de una primera cita son inversamente proporcionales a la cantidad de expectativas puestas en ella.

La noche empezó mintiendo, porque empezó demasiado bien. Él la recogió en un descapotable que había alquilado para la ocasión, a ella le sentó bien el vestido ese que nunca sabía cómo le iba a quedar y la bromita que él había estado ensayando horas antes funcionó a la perfección, pues hizo estallar una carcajada cristalina que desbordó las primeras risas de la temporada sobre los labios de Paula.

Ya el trayecto hasta el restaurante, a capota abierta, actuó sobre el peinado de ella como si le hubieran colocado diez secadores enfrente, atados en ristra sobre el rabo de un perro feliz. Además, en la escasa media hora que duró el traslado, la mitad de insectos nocturnos de la ciudad encontraron cobijo entre los rizos de Paula, y la otra mitad decidió anidar entre su boca y su pronunciado escote.

En cuanto llegaron al restaurante, Paula, hecha un cromo, desaliñada, y con el gusto del *tartar* de mosquito aún entre los dientes, solicitó un pequeño receso para poder acicalarse en el baño y volver a ser mujer. Los baños de mujeres se diferencian de los de hombres en que en los segundos solo se desahoga el cuerpo.

Fue precisamente ahí, en el baño, donde escuchó la típica conversación que jamás debería haber oído. Una de las comensales le estaba contando a una amiga que, por lo visto, su exnovio acababa de entrar en el local.

—¿El que te pegó el condiloma?

—Ese.

La velada prometía. O mejor dicho, había dejado de prometer para pasar a cumplir.

Paula decidió relajarse un poco y darle una oportunidad al chico, al menos disfrutar de su conversación, descubrir a un compañero de trabajo con el que apenas había compartido nada que no fuera trabajo.

—La gente del departamento no creía que alguien como yo pudiera salir con alguien como tú. Ahora me deben cien euros cada uno.

Sí, esa fue su primera frase para romper el hielo. Paula estuvo por aliñarse el pelo para ver si así la tierra se la tragaba antes. El resto de la conversación fue de mal en peor. Reproducimos aquí solo algunos de los mejores momentos:

—Hoy le he pagado un hotel a mi madre, tenemos la casa para nosotros solos. —Guiño de ojo—. ¿Quieres tinto o blanco?

—Mira, es aquí donde me falta una muela, ¿lo ves?

—Mi mejor amiga es mi serpiente pitón. Duermo con ella y no sé, como que me siento seguro.

Y así sucesivamente.

Se desnudaron, se acostaron, se comportaron como mamíferos en celo y Paula, para variar, no se corrió.

—Tú has estado genial, soy yo, que estoy así como ansiosa —mintió Paula como una bellaca.

Por suerte para ella, tres años de relación monótona y previsible con su exnovio le habían permitido desarrollar las dos habilidades fundamentales para la treintañera de hoy: la de provocarse dolores de cabeza repentinos y la de simular desmayos dignos de varias nominaciones a los premios de la Academia.

Eligió la primera para evitar otra ronda y la segunda para que él se acojonara y le pidiera un taxi.

A la mañana siguiente, él cobró 1.200 euros, y ella pagaba con la cara.

PARTE DOS

«Todo lo que antes se vivía directamente
se aleja ahora en una representación».

GUY DEBORD, *La sociedad del espectáculo.*

17

Max empujó el portón y ambos se internaron en los grandes almacenes por la planta semisótano.

Pasillos, estantes y cabeceras de góndola con maniquíes y cajas registradoras. El templo del consumo, decoración nihilista de color pastel, música pop en ego mayor, aire acondicionado aniquilador de temporadas, ni un solo papel por el suelo. Y la gente, que hacía lo que tenía que hacer: intentar quedarse satisfecha para que, bajo ningún concepto, le devolvieran su dinero.

Toscano se tomó un momento para analizar el ritmo y tempo de la compra, propio de una época interrebajas. Ni demasiado relajado ni lo bastante desesperado como para que pareciese fin de mes. La cola en la caja no superaba los siete minutos y la media de bolsas por unidad familiar era de 1,2, por lo que en principio se trataría de un barrio de clase media o media alta.

Por megafonía, una voz angelical cantaba las ofertas de la semana a precios irresistibles, como siempre, en la quinta planta, tras lo cual daba paso a otro estribillo:

Por la calle del olvido
vagan tu sombra y la mía

cada una en una acera
por las cosas de la vida
por la calle del olvido
donde nunca brilla el día
condenados a una noche
tan oscura como el día.

Toscano miró a Max, que le hizo una señal para que empezaran a recorrer uno de los pasillos.

—¿Ya está? ¿Estamos en el cielo? —preguntó Toscano.

—¿No has leído? Estamos en el semisótano: hogar, menaje y electrodomésticos.

—¿Entonces no es el cielo?

—¿Tú ves a Dios?

—Depende. ¿Qué lleva puesto?

Max miró a Toscano, apretó los labios y entornó los ojos.

—Vaaale. Entonces, ¿esto qué es?

—La Primera Puerta del Cielo.

—¿Hay más de una?

—Sí, Toscano, lo de «laS PuertaS» del Cielo no es ninguna errata. Hay más de una. Concretamente, siete.

—Ah. ¿Y dónde está Él?

—¿Dónde va a estar? En la séptima.

—¿Y qué hay que hacer para llegar?

—Subir.

Toscano calló porque la obviedad de las últimas dos respuestas dejaba al descubierto la estupidez de cada una de sus preguntas. En el poco tiempo que hacía que se conocían, Max había conseguido lo que no había logrado nadie durante toda su vida: dejarle en evidencia más de una vez, o lo que viene a ser lo mismo, dejarle en silencio.

—Estamos en la planta semisótano —dijo Max—: Primera Puerta del Cielo y cimiento de todo lo demás.

—¿Clase de arquitectura?

Max suspiró y siguió hablando como si no hubiese oído nada.

—Para abrir esta Puerta, deberemos demostrar que conociste los cimientos primarios de la vida, o como también lo llamáis allí abajo, Familia.

—Vaya, así que Dios también es del Opus.

—«Por medio de ti serán bendecidas todas las familias de la tierra», Génesis, 12:3.

—«Me da por culo el catecismo», Toscano, 13:14.

—Muy bien, ayer Paula tuvo una cita. ¿Qué te parece ESO como cachondeo?

Toscano notó por primera vez que aún tenía una médula espinal.

—Desagradable.

—Es MUCHO peor que desagradable, es cierto.

—¿Y con quién quedó?

—Con un tipo que tiene muy buena pinta.

—¿Y se gustaron?

—Yo creo que sí.

—¿Y tú eso cómo lo sabes?

—Lo sé. Hazme caso. Si quieres volver a verla pronto, deberás seguir las reglas. Y como te dije, DEJA-YA-DE-CUESTIONARME.

—MUY-BIEN. Yo no tenía ni novia ni hijos, que yo supiese.

—Bueno. Eso lo hace todo un poco más complicado.

Esta Puerta se abre con la Familia. ¿Ningún pariente que te quisiera de verdad?

—Pfff. Si llamarme por mi cumpleaños cuenta como cariño, sí, alguno tenía.

—Vaya. Entonces solo nos queda pasear.

—¿Pasear? ¿Ahora?

—Sí, tenemos que buscar algún producto que te inspire. Piensa que, ahora mismo, tú eres un ludópata y esto es Las Vegas. Si le dedicamos el suficiente tiempo y cariño, algo muy bueno, o muy malo, acabará pasando.

—Menudo ejemplo. Perdona que no me reconozca, pero es que mi adicción no la veo por ningún sitio.

—Eres un adicto al olvido, Toscano. Aquí somos todos adictos al olvido. Y si llegamos hasta este punto es para recordar, aunque sea solo lo que haya valido la pena.

Sin dejar de vigilar a Max, Toscano empezó a escudriñar a su alrededor en busca de una señal. Se le daba bien observar, así que no debería ser muy difícil identificar algo que le conectase con su pasado. Cocinas, baños, muebles auxiliares, pequeño electrodoméstico, neveras, lavadoras y congeladores industriales. Todo podía sonarle a cualquier cosa. Que es lo mismo que decir que nada le recordaba a nada.

Recorrieron la planta entera hasta seis veces de punta a punta, tres veces en sentido de las agujas del reloj, otras tantas en sentido opuesto.

—¿Qué? ¿Nada? —preguntó Max un tanto desesperado.

—Nada. Igual me ayudaría saber lo que estoy buscando.

—Ya te lo he dicho: algo que te recuerde a tu familia o, en tu caso, a tu hogar.

—Pero es que aquí TODO puede recordarme a mi HOGAR, Max.

—Pues elige algo.

—¿Cómo que elija algo? ¿Que YO elija? Aquí el «agente de almas» se supone que eres tú, y hemos dado ya varias vueltas y aún no has abierto la boca. —Toscano empezó a subir el tono de la conversación.

—Eres tú el que tiene que recordar, Toscano.

—Sí, y yo recuerdo, yo recuerdo, Max. —A Toscano ya se le había disparado la neurona cajera psicópata asesina—. Recuerdo que tenía una vida asquerosa, aburrida e insípida, enamorado de una tipa que ni siquiera me dirigía la palabra. Pero como mínimo tenía una vida, MAX. YO TENÍA UNA VIDA hasta que llegaste tú y tus musculitos y tus UVA de mercadillo y tus ascensores y tu Corte Inglés y me dejaste sin NADA, pero, eso sí, con un cuerpo sin culo y un cielo que decías que empezaba aquí, pero ahora de pronto E INEXPLICABLEMENTE se ha desplazado hasta la séptima planta, y todo para hacerme merodear como un menda en esta escuela peripatética, pero sin el peri, tratando de recordar algo que no sé qué es.

—Lo que sea que te recuerde a tu familia, a tu hogar.

—ES QUE ESTO ES LA PUTA PLANTA DE HOGAR Y MENAJE, MAX, TODO ME RECUERDA A UN HOGAR. Mira, aquel sofá es muy parecido a uno que tenía cuando vivía con mi primera novia. El secador de pelo de la vitrina es el que utilizaba cuando llevaba greñas. Estas cuchillas de afeitar son las que yo, en su día, dejé de usar.

—¿Y por qué las dejaste de usar?

—Porque ya no daban *gustirrinín.* ¿A ti qué te parece? ¡Qué tendrá que ver eso ahora! —Toscano se quedó mal callado—. Pues mira, las dejé de usar porque me enteré de que mi padre también las usaba.

—¿Y qué?

—¿Y qué de qué? Yo no quería usar las mismas cuchillas que mi padre, y punto.

Max calló.

—¿Qué pasa? ¡No me digas que le conoces! No, no puede ser que le conozcas, era un cabronazo —añadió Toscano.

—¿Qué te hizo?

—A mí nada... Si nunca me conoció, solo por fotos.

—¿Entonces?

—Supongo que abandonar a mi madre por un putón que encima era pija, criar a una hija que además no era suya, darle a ELLAS todo lo que no nos dio a mi madre y a mí, y luego dejar a la pija por una más joven, y luego por otra que de tan joven aun era hortera, y así hasta que un día lo encontraron en pelotas aplastado contra el suelo, vestido solo con unas bragas. Pero ahora ya me da igual, para mí, familia es con quien quieres estar.

Max sonreía. Toscano se indignó.

—¿Te hace gracia?

—¿Lo ves? Ya tenemos algo.

Max cogió las cuchillas con una mano y el brazo de Toscano con la otra y se dirigió a la caja.

18

Max y Toscano se plantaron ante la caja, donde una atractiva dependienta cobraba a un ritmo extremadamente pausado, como si quisiera demostrar al mundo que no le iba la vida en ello. Max dejó las cuchillas de afeitar sobre un pequeño mostrador y la mujer se dispuso a teclear en su caja registradora, dotada de un generoso teclado QWERTY y una minúscula pantallita.

—¿Esto es todo? —preguntó la dependienta.

—Sí —contestó Max con cara de orgullo.

—¿Efectivo o con tarjeta?

—Afectivo, tome nota.

Ante el asombro de Toscano, Max empezó a dictar, la cajera comenzó a transcribir y, de pronto, la historia que acababa de explicar, su propia historia, se hizo Historia en los labios de Max:

—«*MI PADRE*, por A. B. Toscano. Mi padre nunca supo de mi existencia. Ni falta que le hizo. Por lo que supe de él, vivió los últimos años de su vida criando a una hija que creía suya mientras que a mí, su verdadero hijo, jamás me llegó a conocer, más que por fotos». ¿Me sigue? —preguntó Max.

—Perfectamente —respondió la cajera.

—Bien. «Sus primeros cuarenta años se resumen en siete letras: I-n-e-r-c-i-a. Es a partir de su primera iniciativa cuando vale la pena hablar de él. Y de eso hace ahora casi veinte años. Un buen día, harto ya de tanta braga Carrefour, topó por casualidad con braguitas La Perla, y no supo decirles que no. Eran braguitas de esas rojo putón, suficientemente satinadas como para deslizarse a placer, pero con el encaje justo para dejarse enredar. Siempre limpias, siempre perfumadas, pero tan complicadas de sincronizar con la agenda profesional de ella que acabaron con su paciencia y con todo umbral de satisfacción.

»Alguien le contó en una cena que el misterio no es más que el reverso tenebroso de lo cotidiano. Que incluso la más excitante de las aventuras acabaría desembocando en rutina. Y tanto fue así que, al poco de divorciarse de mi madre y agotadas todas las colecciones primavera-verano-otoño-invierno, tuvo que entrar en acción braguitas Zara.

»Braguitas Zara era más asequible, mucho más inconsciente y, por qué no decirlo, más joven, con toda la asequibilidad y la inconsciencia que eso le añadía. Jamás antes tan poco talento había tenido un auditorio tan agradecido. A cualquier cosa que él le explicaba, ella le correspondía con admiración, interés y risas, muchas risas, ingentes cantidades de risas, que igual no era para tanto, pero qué más daba, con lo que él había echado de menos las risas. Braguitas Zara no tenía misterio, ni doblez, ni bordados, ni criterio, ni calidad.

»Sin embargo, podía estrenar una distinta por temporada y a un coste muy por debajo de lo que estaba dispuesto a pagar. El hándicap, claro está, era que jamás debían verles juntos, más que nada por el qué dirán. Con lo cual, la importancia pasó del cuánto al dónde, haciéndolo todo algo más divertido, pero también más complicado.

»El mínimo lo rozó una mañana gris de un martes cualquiera. Cuando el mundo ya hacía horas que les esperaba al otro lado de recepción, la que se despertó a su lado, como quien no quiere la cosa, se levantó de la cama y se calzó unas braguitas Bershka. Eran blancas a topos rosas. De las que solo compran las madres.

»Y entonces, casi sin poderlo evitar, pensó en las braguitas de algodón blanco inmaculado que llevaba su hija. Braguitas que algún día, por imperativo materno, serían braguitas Bershka. Y luego braguitas Zara. Y con suerte, La Perla. Y por algún error de comunicación paterno-filial, igual acababan siendo braguitas Carrefour.

»Y pensó en ese capullo que se sentiría tan harto de las braguitas Carrefour de su hija. Y sintió ganas de matarlo. Y así lo hizo. El quicio de la ventana fue lo último que pisó antes de estrellarse contra el vado de la entrada del hotel.

»Lamentablemente, no fue lo último que vio.

»Hecho un cromo, agonizante y palmándola sobre la acera, aún le quedó tiempo para contemplar desde el suelo a una preciosidad que gritaba y sollozaba ante lo dantesco de la escena.

»No llevaba ropa interior».

Max acabó la narración, Toscano cerró la boca y las veinte dependientas que les habían ido rodeando a lo largo de la exposición suspiraron a la vez.

La dependienta que les había atendido volvió en sí como a quien le escupen a la cara y mientras recobraba la compostura, preguntó:

—¿Se lo envuelvo para regalo?

—Sí, por favor —contestó Max.

—¿Con algún mensaje?

—«Familia es con quien quieres estar».

La veintena de dependientas allí reunidas entonaron un «ooooh» al unísono, y tras extraer un tique de caja con el relato impreso lleno de baba, la cajera se lo extendió a Max, acompañando el gesto con un disimulado guiño.

Max le pasó el tique a Toscano:

—Firma.

—¿Qué es?

—Tu pase a la siguiente planta.

19

—¿Qué... qué acaba de pasar ahí? —preguntó Toscano.

—Nada. Que te he descrito como nunca nadie te había descrito.

—Pero si no me has descrito a mí.

—¿Cómo que no? Anda, toma, tu premio.

Max le ofreció una petaca.

—¿Qué es esto?

—Ron guatemalteco con cola *light*, como a ti te gusta.

—Pero ¿aquí?

—¿Dónde si no? Aquí ya no puedes ni engordar ni morir de cirrosis.

A Toscano, tanta emoción junta le había secado el paladar, así que no le hizo ascos a su combinado favorito. Max continuó hablando.

—Estamos hechos de relaciones, Toscano. Son nuestras relaciones las que nos configuran como individuos. Relaciones con nuestros padres, con nuestros amigos, con nuestras parejas. Lo único que hace de nuestra vida una experiencia humana única e irrepetible.

Toscano tomó otro trago.

—Vale. ¿Y?

—Si no eres capaz de describir tu vida en clave de tus relaciones, eso es que tu existencia no ha servido más que para consumir pañales, recursos y energía. Si no eres capaz de narrarte y ser narrado, ¿quién te asegura a ti que alguna vez has existido? Y si jamás has existido, ya me dirás para qué tomarse la molestia de reservarte un lugar en el cielo.

—Insisto. Quiero decirte que esa no era MI historia, Max... O sea, que se parecía, pero que no tenía mucho que ver con...

Max miraba a Toscano con ojos de no estar escuchando.

—Sí, claro. Oye, ¿no te importa ir subiendo a la siguiente planta? —propuso ante la expresión atónita de Toscano.

—Ni hablar, quiero que me expliques...

—No tienes tiempo, Toscano. Mírate.

Max puso a Toscano frente a un espejo. A Toscano solo se le veían dos huecos a ambos lados de su cabeza.

—¡Mis orejas! ¿Dónde están mis orejas?

—En el olvido. Parece que no las usabas demasiado.

Max agarró la cabeza de Toscano por sus mejillas, poniendo sus cuatro ojos a la misma altura.

—Foco, Toscano, foco. Estás eliminando tu pasado mucho más rápido de lo que me imaginé. Y sin tu pasado, jamás conseguiremos que entres en el cielo. No hay tiempo que perder, amigo sin culo y sin orejas. Yo... soluciono un par de asuntos pendientes en esta planta y enseguida estoy contigo —añadió mientras sonreía a la dependienta.

—Yo tenía dos bonitas orejas... —aulló Toscano palpando la nada.

—Ya, oye, te veo arriba. Mira, a pie de escaleras te pedirán el tique, se lo das, subes y haces lo mismo que hemos hecho aquí, vas mirando la planta, vas recordando, y mirando, y recordando, que yo ya voy subiendo, ¿eh? ¡Hala!

Max le dio dos palmaditas en el pecho, desapareció camino de su tierna presa y le dejó con la protesta en la punta de la boca y la ira apretada entre los dientes.

Todavía tocándose los agujeros de sus oídos y lamentando su irreparable pérdida, Toscano se dirigió a las escaleras mecánicas. Allí, a los pies de estas, se encontró con un venerable anciano que babeaba tendiendo un puente entre el taburete sobre el que estaba sentado y su bastón.

Al llegar, carraspeó para despertar al viejo. El hombre se levantó de un respingo todo lo *respingable* que sus años le permitieron.

—Dígame, joven, ¿qué se le ofrece? —El hombre empujó la Tierra con su bastón para levantarse del taburete.

—Tengo... tengo esto. —Toscano le entregó el tique de caja.

—Ah... muy interesante. —El anciano ojeó la historia del padre de Toscano—. Así que un padre con tendencias suicidas.

—Sí.

—De casta le viene al galgo. Cuando estuve en la guerra, conocí a demasiados muchachos que se quitaron la vida.

—Ajá, yo, si no le importa, tengo que seguir...

—Fue la Segunda Guerra Mundial —continuó el viejo—, allí pasé nada más y nada menos que dos años de mi vida.

El hombre ocupaba a conciencia el acceso a la escalera mecánica. Toscano, resignado, se sentó a escuchar en el taburete.

—Cada vez que veía a un amigo caer, me preguntaba la razón por la que ellos caían y yo no.

—Ajá.

—Había un motivo por el cual yo, que no era ni de lejos el mejor, ni el más fuerte, ni el más listo, sobrevivía a mis compañeros, salía adelante rodeado de tanta muerte.

Toscano empezó a sentirse algo interesado por la historia del hombre.

—Y me prometí que si salía de esa, un día lo escribiría en algún sitio para que todo el mundo pudiese aprender la misma lección.

—Por lo que veo, murió de viejo.

—Así es. Salí de esa, pasaron los años y monté mi propia agencia de publicidad.

—Vaya —dijo Toscano algo decepcionado—, otro agente de almas.

—Ex, joven, ex. Primero fui agente de marcas. Del 82 al 92 lo fui de almas. Ahora ya no sirvo ni para lo uno ni para lo otro. En fin. Lo que le decía. Un día, a principios de los sesenta, una pequeña empresa de alquiler de coches de Nueva Jersey acudió a nosotros para anunciar sus servicios. Quería decirle al mundo que existía, pero ya en la primera reunión me dijeron algo que a mí me puso la piel de gallina. ¿Lo adivina?

—Que no eran los mejores.

—Exacto. Eran el número dos, pero precisamente por eso se esforzaban más que el líder y lo daban todo para satisfacer a sus clientes. En aquella pequeña empresa de Nueva Jersey me reconocí, y sentí que era la ocasión perfecta para dar a conocer al mundo aquella lección que años atrás había aprendido un joven soldado en peligro de muerte. Y de ahí salió uno de los eslóganes más conocidos de la historia de la publicidad. —El anciano dibujó con las manos lo que seguramente en su día habría sido un lujoso cartel con letras y luces de neón—: *We Try Harder.*

—Vaya. Estoy intentando descifrar qué carajo tiene eso que ver conmigo y, sobre todo, por qué debería yo perder el tiempo con esas mamonadas, señor...

—Bernbach. William Bernbach. Algunos me llaman el mejor creativo de todos los tiempos, pero tú puedes llamarme Bill.

—Toscano, mucho gusto.

—Ya, yo sí sé quién eres.

—Puedo... ¿puedo subir ya? —dijo mientras se levantaba.

—Según esto —dijo el señor Bernbach refiriéndose al tique—, puedes subir cuando quieras. Pero recuerda solo una cosa: los principios no son principios hasta que te cuestan algo.

Toscano dejó de sentir prisa durante unos segundos, pues la vida avanza a través de un medio más denso cuando se acaba de escuchar una reflexión de ese calibre.

«El mejor creativo de todos los tiempos» volvió a su taburete de madera y Toscano subió solo y en silencio por la escalera que llevaba a la Segunda Puerta del Cielo, más conocida como la planta baja de El Corte Inglés.

20

Planta baja: complementos, perfumería y joyería.

Aquí, el público era mayoritariamente femenino. Quizás por eso la media de tiempo en cola podía llegar a sobrepasar los veinte minutos y las bolsas eran más pequeñas y, por lo tanto, muchísimo más caras de llenar.

Por megafonía, una voz un tanto orgásmica cantaba las ofertas de la semana a precios irresistibles, como siempre, en la quinta planta, tras lo cual daba paso a otro estribillo:

La primera derrota agridulce fue encontrar
la respuesta ingeniosa al día siguiente,
la segunda derrota agridulce fue comprobar
que tú eras tan zorra como decía la gente.

Toscano miró a su alrededor en busca de alguna señal. Quería darse prisa. Sin saberlo, Paula le esperaba en vida. Y según atestiguaban sus miembros ya ausentes, TENÍA que darse prisa. Sabía que era bueno observando patrones de compra, pero también sabía que no tenía ni de lejos la habilidad que había demostrado Max hacía un momento para construir historias que hicieran a la gente suspirar.

Había que intentarlo. No iba a esperar a que Max acabase de zumbarse su par de asuntos. Intuía que podía prescindir de él, y aún no sabía hasta dónde se equivocaba. «A ver, la anterior planta fue familia, ¿de qué irá esta planta?, ¿qué dijo que iba después de la familia?», intentó recordar.

La primera sección con la que se encontró fue perfumería. Fragancias carísimas en botecillos minúsculos, con nombres grandilocuentes. En un frasco con evidente forma fálica se podía leer ERECTIONNE, PARIS. En otro de cristal oscuro se adivinaba el nombre MIS(T)ERY. Pero fue el tercero el que fascinó a Toscano. Era de forma simple y sin demasiado ornamento. Pero el nombre lo decía todo. TOLERANCE. El cartel publicitario mostraba a un jovencísimo George W. Bush vestido de esmoquin a punto de escanciar unas gotas sobre sus tupidas cejas, cuya forma y disposición recordaban vagamente al puente de Brooklyn.

Toscano agarró el frasco grande, el que no permitirían a bordo de ningún vuelo, y se dirigió a la caja con todo el convencimiento que pudo simular. Al llegar, el dependiente, en este caso más gay que las Navidades, decidió colarle, pasándole por delante de tres mujeres que llevaban un rato esperando.

—¿Sí...?

Las caras de las tres mujeres reflejaron de un gesto toda la injusticia en el mundo.

—Quería esto —se apresuró a decir Toscano.

—Ay, me encanta este perfume. ¿Efectivo o con tarjeta?

Fue entonces cuando intentó poner en práctica lo que había aprendido de Max.

—Afectivo, tome nota.

El dependiente, sin mediar palabra, estiró la espalda y adoptó la postura de una mecanógrafa fiel. Una de las tres mujeres chistó un «de perdidos al río». Toscano se aclaró la garganta y empezó a dibujar su relato.

21

TOLERANCIA, por A. B. Toscano

—Seamos sinceros. La tolerancia está sobrevalorada. Llevada al extremo, es la peor clase de indiferencia. La que incluye unas gotas de hipocresía y varios kilos de desafección. Si lo toleras todo, eso es que nadie te importa. Y no hay NADA más detestable que la indolencia vital.

—Qué razón tienes, cari —apostilló el dependiente, que enseguida rectificó—: Perdona, perdona, sigue.

—Además, tolerar es decir sí a la diferencia. Y a lo largo de mi vida he ido comprobando que, contrariamente a lo que me enseñaron de pequeño, la gente es muchísimo más feliz si puede decir que no, ya sea a la diferencia, a la similitud o a cualquier cosa. Me di cuenta de que, si de verdad quería hacer felices a los demás, tenía que darles la oportunidad de darme un no por respuesta, y la manera más efectiva de conseguirlo era pedir siempre más de lo que en un principio me concedían.

»Por ejemplo, cuando llamaba a un restaurante para ir a cenar, preguntaba primero si tenían mesa para dos. Si el tío me decía que sí, preguntaba si la tenían para cuatro. Si volvía a decirme que sí, la pedía en un reservado. Si el hombre se empeñaba en darme lo que le pedía, le informaba de que llegaríamos muy pero que muy tarde. Cuando el tipo, aun así, persistía en su actitud tolerante, le avisaba de que iríamos con un elefante enano. Y así sucesivamente.

»En algún momento del proceso, antes o después, el encargado del restaurante pronunciaba la palabra mágica. Y de pronto, todo su mundo y el mío cobraban sentido. El suyo, porque se sentía realizado en su función de guardián de la puerta de acceso, administrador de un bien que, cuanto más escaso, más valor tiene. Y el mío, porque sabía que había llegado hasta el límite de mis prerrogativas, que había conseguido llegar hasta donde debía, que no me había dejado nada por negociar.

»Con el tiempo, poner a prueba la tolerancia de los demás se acabó convirtiendo en un vicio. Tanto si quería comprobar cuánto le importaba yo a mi pareja como si todo lo que quería era hacerla feliz, tenía que llevarla al límite. Pero lo mismo hice con mi jefe, con mis amigos, con mi familia, con los compañeros de trabajo y hasta con la gente que me encontraba por la calle.

»Al final, repartí amor en forma de falta de tolerancia y la gente me devolvió amor en forma de negativa, y todo fue maravilloso.

—Divino. ¿Te lo envuelvo para regalo?

—Sí, por favor —contestó Toscano.

—¿Algún mensaje?

—Sí, ahí va: «Solo hay dos etapas en la vida: aquella en la que te dicen que no y aquella en la que eres tú el que dice que no. La rapidez con la que pasas de la primera a la segunda es lo que llamamos progreso».

Dos de las tres mujeres habían desaparecido, la tercera estaba bostezando y el dependiente gay como las Navidades se había quedado solo frente a Toscano. En ese momento, la caja registradora emitió el tique de caja y el dependiente arrugó la boca.

—Lo siento, cari, tu historia a mí me encanta, pero te la han denegado.

22

LA SEGUNDA CITA DE LA NUEVA PAULA

La segunda cita de la nueva Paula fue un fracaso sin paliativos. Tal vez sería mejor describirla con eufemismos, suavizar la dureza de la situación. Pero no. La suavidad es la antesala de toda farsa y el refugio de toda mentira. O, al menos, eso creía Paula. Si había algo que odiaba especialmente, era mentirse a sí misma. Al espejo, a Hacienda y a los demás, pase. Pero a sí misma, jamás.

Cuando un desconocido te regala flores, eso es impulso. Cuando te las regala de plástico, eso es una cagada.

El pobre era alérgico, no nos vamos a cebar con él. No vamos a hacer sangre de su alergia a las flores, a los gatos, a los mamíferos vertebrados, a los invertebrados, a los insectos voladores y a los reptiles, a las legumbres, a las hortalizas de cultivo salvaje, a los alimentos con lactosa, al celofán, al gluten y al caramelo. Y, por supuesto, no nos reiremos nunca de su tendencia natural a toser, estornudar, regurgitar, rascarse e hincharse como una pelota reglamentaria de baloncesto cada vez que entraba en contacto con cualquiera de sus prohibiciones.

Se conocieron por Internet. Él, de seudónimo BlessU, era un maestro a los mandos de su teclado hipoalergénico, y ella, harta ya de tanto ciberacoso, había decidido cambiarse la foto de su perfil por una de su perro y sustituir su nombre por el de Armageddon.

—Si Dios hablase, lo haría con voz de Morgan Freeman y guion de Aaron Sorkin.

Esa fue la frase de BlessU que despertó el interés de Armageddon. A partir de ahí, empezaron a chatear a razón de un par de horas al día, y la conexión desde el primer momento fue mucho más ancha que banda. Comentaban, chismorreaban, reían y hasta lloraban juntos, y todo a golpe de teclado. BlessU parecía el hombre más sensible y ocurrente del mundo, siempre con una frase genial en la punta de los dedos. Armageddon se dejaba llevar, por primera vez, con un tío que no se mareaba ante tanta curva, un tío que le hablaba al corazón y no a las tetas.

Cada tanto se desnudaban, se chateaban, se comportaban como mamíferos en celo y Paula, para variar, no se corría.

—Hacía tiempo que no me corría así —solía mentir Paula como una bellaca.

Y así fue como, a cada línea de chat, a cada *enter* pulsado, a cada emoticón echado a expresar, se fue sellando poco a poco una relación que clamaba al cielo por ser corporeizada. Hecho que, por si alguien lo dudaba, acabó ocurriendo. Pese a la reticencia inicial de BlessU, al final Armageddon se salió con la suya —como si no lo hiciese siempre— y logró un emplazamiento para conocerse en carne y hueso.

Quedaron un lunes. Él lo recuerda porque la mayoría de restaurantes estaban cerrados y, a esas alturas de la semana, el estado de la emoción cotizaba aún demasiado a la baja. Ella se puso zapato plano y descartó el vestido ese tan espectacular que nunca sabía si le quedaría bien; en su lugar eligió otro de los que le podría haber regalado cualquier padre a su hija para su primera cita con un Ángel del Infierno.

El lugar elegido, la sala de urgencias de un conocido hospital. BlessU lo había dispuesto así porque donde se hospeda el virus no sobrevive la alergia. También pensó que, en caso de emergencia, ya estaban en el sitio correcto, pero eso no se lo confesó a Armageddon.

Impulsada, más que empujada, por la curiosidad, Paula llegó a la cita con diez minutos de antelación. Y ahí estaban las flores. Sí, solo las flores. Un ramillete de pétalos de plástico amarrados por tallos desiguales de alambre verde, sobre un banco, sin gracia ninguna y sin perfumar. Paula las cogió, y con los restos de calor y sudor de su reciente portador aún presentes, las puso en su regazo y se dedicó a esperar. Y a esperar. Y a esperar. A medida que pasaban los minutos, iba suplicando con la mirada en busca de una cara cómplice que no aparecía. Buscar complicidad en la antesala de la UCI es como acudir a un entierro para ligar. No solo no procede, sino que, si te despistas, puedes acabar muy mal.

Al cabo de una hora de espera, decidió levantarse. Y en ese momento, justo cuando se disponía a irse, se le acercó un joven fornido, alto y guapo, tres cualidades que, envueltas en bata blanca, siempre parecen más de lo que son.

—Disculpe, ¿es usted Armageddon? —preguntó el hombre.

Paula no se lo podía creer. Había estado chateando con un adonis de la salud.

—¿BlessU? —Esbozó varias sonrisas, alguna de ellas horizontal.

—No, no. —El médico sonreía por lo absurdo de la situación—. El señor BlessU ha tenido que ser internado y le pide disculpas por no poder atenderla.

—¿Qué ha pasado?

—Nada, lo que ya sabíamos. Que es alérgico a las flores.

—¿Y?

—Pues que también es alérgico a usted.

Paula todavía vomita cada vez que recuerda la historia.

23

Toscano devolvió su esperanza y el frasco de perfume al estante de donde los había cogido. Justo cuando los estaba dejando al ladito de su orgullo, notó esa amarga halitosis ya tan familiar para él.

—Parece que aún no te las apañas demasiado bien sin mí —dijo Max.

—¿Qué tal tus dos asuntos operados? —respondió Toscano sin girarse siquiera hacia Max.

—No me digas que estás celoso…

—Ojalá fuera eso, el caso es que mi historia al menos SÍ era verdadera.

—No te castigues, no lo has hecho mal del todo.

—No era a mí a quien pensaba castigar —masculló Toscano mientras buscaba por las estanterías otra excusa para abordar la caja.

—Tienes toda la razón. Ha sido culpa mía, no debí dejarte solo tan pronto. De todos modos, tu reflexión sobre la tolerancia ha sido muy interesante. Si me permites hacerte de profesor Challenger, te ha sobrado sinceridad y te ha faltado algo de alma.

—Alma.

—Sí, llámalo alma, llámalo concepto o idea central, Toscano, lo mismo que hicimos abajo, ¿recuerdas? Tu mayor error ha sido irte directo al producto y describirlo tal cual, sin pensar antes cuál era la llave de esta Puerta. Si hubieras mirado a tu alrededor con más detenimiento, lo habrías visto enseguida.

Toscano paró y por fin miró a Max a los ojos.

—No estarás sugiriéndome mentir OTRA VEZ…

—Al contrario, hombre, hablamos de cosas importantes, muy por encima del plano absurdo de «esto es verdad» o «aquello es mentira». Como me dice Niels Bohr cada vez que hablamos de esto, lo contrario de una obviedad es una mentira, pero lo contrario de una verdad profunda es otra verdad profunda.

—Esto es absurdo, yo me bajo.

—Paula acaba de tener una segunda cita.

A Toscano se le heló la sangre y la saliva se le convirtió en arena.

—¿Con el mismo tío?

—Sí. Quedaron por Internet y se volvieron a ver.

—Así que se gustan de verdad.

—Eso parece.

—¿Han...? ¿Se han...?

—Todavía no.

Toscano dejó que el aire volviese a sus pulmones.

—Fíjate, Toscano, estamos en la planta baja —apuntó Max—, complementos, perfumería y joyería. ¿Qué te viene a la mente?

Toscano miró al techo, suspiró y se lo pensó dos segundos.

—Mujeres.

—Ahí lo tienes. De eso va esta planta, de la Pareja y del universo de los detalles. Ese mundo de matices que ellas controlan y dominan tan bien. Todo aquello que parece superfluo, delicado y fútil, pero que a fuerza de otorgarnos cierta diferencia, acaba (con)fundiéndose con lo fundamental. Sobre ESO debería ir tu próximo relato.

Toscano hizo ademán de probarse unas gafas de sol, pero, al carecer de orejas, acabaron estrellándose contra el suelo. Ambos disimularon.

—Fuiste demasiado honesto con el rollo ese del restaurante, Toscano —continuó Max—, aunque eso de las dos etapas en la vida me lo apunto porque, al menos a mí, me ha encantado.

—Ya estamos con lo de la honestidad. ¿Pero esto no iba de entrar en el cielo?

—Deberías pensar en alguna historia entretenida, grácil y agradable. No hace falta que sea literal ni fidedigna, solo que nos recuerde a la dictadura de lo intangible, al monopolio de todo lo que jamás pareció imprescindible.

—Sobre las mujeres.

—O sobre el mundo de la Pareja, sí. Piénsalo bien porque AHÍ está tu pase a la planta primera, tu pase hacia el Único que te puede llevar junto a Paula.

24

Toscano y Max se habían aproximado, casi sin querer, a la sección de joyería. Allí, expuestos como si de trofeos se tratara, estaban los anillos de compromiso.

—Supongo que soy el que más anillos como esos ha devuelto de mi generación —apuntó Toscano.

—Bueno —se emocionó Max—. ¿Cómo contarías esa historia?

—Quizás antes que por el inicio de las relaciones, lo haría por las veces en mi vida que alguien me ha dicho «tenemos que hablar».

—Venga, dale, dale, que vas bien —le animó Max, que ya se estaba liando un cigarro.

Toscano reflexionó un momento y tiró millas.

LAS CINCO VECES QUE TUVIMOS QUE HABLAR, por A. B. Toscano

La primera vez que tuvimos que hablar, lo hicieron por mí. Ella, todo fuego, corazón y tetas, decía que me quería, pero que no estaba enamorada y que yo merecía algo mejor. Su profesor de *spinning,* que ejercía de guía espiritual en la sauna turca, la obligó a tomar una decisión importante cada 300 calorías que quemase. Según figura en su ficha de entreno, yo fui la caloría 900, o sea, que hubo dos decisiones más importantes que yo, a saber: los implantes de nalga y la depilación láser, ambas para toda la vida. Si se hubiese esperado solo 300 calorías más, habríamos llegado al año juntos.

La segunda vez que tuvimos que hablar, me dijo que lo hacía por ella. Según sus propias palabras, no me quería mucho, pero estaba muy enamorada. Su camello, a la sazón consejero matrimonial, le aconsejó que los productos de la tierra se debían fumar siempre en pareja. Como yo era alérgico a la hierba que le suministraba el susodicho gurú, pronto tuvimos nuestras primeras diferencias. Para aplacar los ánimos, intenté liarme porros de césped artificial, pero no hizo más que empeorar las cosas. Mientras ella se colocaba, yo colocaba en fila india miles de enanitos de jardín. Duramos lo que nos duró el crédito en Leroy Merlin.

La tercera vez que tuvimos que hablar, en realidad lo hizo por los dos. Era lo mejor, porque nos queríamos muchísimo, pero no nos amábamos, con lo cual era mejor dejarlo antes de enamorarse. El dependiente de la librería de la esquina aún jura y perjura que no influyó en la decisión, pero siempre he pensado que era un bulo eso de que existiesen cursos sobre un filósofo búlgaro de influencias griegas que se llama Sek Soanal. Lo nuestro acabó justo cuando ella trataba de convencerme de que el último volumen que publicó Soanal se titulaba *Crítica de la razón, puta.*

La cuarta vez que tuvimos que hablar, asegura que lo hizo por un tercero. En concreto, el chico virgen que vivía junto a su acné y su madre en el quinto segunda. Nos queríamos, nos amábamos, estábamos enamorados y nuestra relación navegaba viento en popa sobre aguas turbulentas. Pero mi novia era tan buena que no pudo soportar ver cómo el chaval sufría, y el día que el mequetrefe cumplía dieciocho años, ella decidió sacrificarse, dejar lo nuestro y acceder a sus deseos de pubertad tardía, para que dejase esa práctica onanista que, según el catecismo y el párroco del pueblo, le iba a dejar ciego. El frotar se iba a acabar. Ella me dejó, ellos salieron, el chico dejó de tocarse e, inexplicablemente, el párroco comenzó a admitir públicamente que estaba siendo víctima del mismo pecado.

Por último, la quinta vez que tuvimos que hablar, no tuvimos ni que hablar, lo hizo porque sí. No me dio ni una carta, ni una teoría, ni una conversación, ni una sola explicación. Se esfumó porque se le había acabado el amor.

Es una lástima, porque si me lo hubiera dicho antes, igual habría bajado a por más.

—¡Excelente! —Max aplaudía como loco mientras sostenía el cigarro encendido en la boca, achinando los ojos para poder soportar el humo—. ¡Me ha encantado!

—¿De verdad?

—Bueno, seguimos siendo demasiado literales, falta un poco de poesía, igual una metáfora, algo de ritmo picadito, restarle crudeza, ocultar algo de resentimiento y habría que insertar también algún tipo de moraleja, algo que demuestre qué has aprendido con la historia, pero vamos muy bien, Toscano.

—Pues suerte que vamos bien.

—Pilla un anillo que nos vamos para la caja, tengo material de sobra para pasarte a la siguiente planta.

Toscano eligió un anillo y los dos se dirigieron hacia la caja registradora.

25

—¿Efectivo o con tarjeta? —El dependiente gay como las Navidades parecía no recordar a Toscano.

—Afectivo —contestó Max—, voy a dictar.

—Adelante, cari.

Max puso esa voz que solo ponía en los momentos trascendentales y comenzó el relato.

LOS CUATRO ELEMENTOS, por A. B. Toscano

Mírame bien porque esto que ves no es una sola persona. Mírame a fondo porque aquí están todas las que me amaron y a las que alguna vez amé.

Ellas me han hecho quien soy. Ellas me han querido, me han dejado y me han dejado dejarlas. Ellas me han arrastrado por todos los estados del corazón, y, gracias a ellas, hoy conozco muy bien los cuatro elementos de la materia afectiva: enamorarse, estar enamorado, querer y amar.

Enamorarse es fuego. Un proceso que todo lo quema y todo lo consume, sobre todo a quien lo profesa. Como toda autocombustión, afortunadamente no dura para siempre. Nadie sobreviviría mucho tiempo a esa ceguera, a esa falta de cordura, a esa cerrazón. Pero tampoco sabríamos cicatrizar sin haberla sufrido nunca. ¿Quién no ha sido nunca pirómano por amor? ¿Quién no ha fingido poder controlarlo? ¿Quién no ha negado lo que era evidente?

En esta hoguera de las banalidades, la madera que más prende es la fantasía, las llamas se tiñen todas de rojo pasión, el humo que nos ciega resulta extremadamente tóxico, y hay que andarse con ojo, pues los celos son sus cenizas.

Estar enamorado, en cambio, es aire. Oxígeno. Inspiración. Llenar el corazón de sangre nueva. Sacarlo a tomar el fresco. Abrir sus ventanas y dejar que corra el aire, que entre la luz. Todo huele a nuevo, a necesario y a conveniente. En esta apartada orilla se respira mucho mejor, dónde va a parar.

Como toda brisa, al principio es totalmente inofensiva, pero si se nos va de las manos y dejamos que venga racheada, puede estar anunciando tormenta o incluso acabar en huracán. Por eso es importante que se levante con cierta frecuencia a un ritmo constante, lindo y *suavesito*. Que empuje, sí, pero que no despeine.

Querer es tierra, posesión y pertenencia. Delimitación, frontera y exclusión. O quieres conmigo o quieres contra mí. Hectáreas de deseos mezquinos y egoístas. Por eso es peligroso querer mucho y sin control, porque aquello que quieres, tarde o temprano, te acabará poseyendo.

Las vallas son muy frecuentes cuando se quiere así. Rígidas normas y controles de seguridad, vigilancia veinticuatro horas en forma de leyes morales y miedo, mucho miedo a perder lo que uno tiene. Lo que a este amor le falta es justo lo que lo acabará estrangulando: su libertad.

Por eso, amar es agua. La combinación estable y perfecta entre la energía del hidrógeno y la vida del oxígeno. Unidos pero flexibles. Cohesionados, pero adaptables. En otra palabra, contradictorios. Fluir sin voluntad de correr, liberar con intención de atrapar, vivir el futuro como si acabase ayer.

Peligros, todos los que te puedas imaginar: la tensión superficial, que mantiene una impermeabilidad ficticia; las corrientes, que nos pueden arrastrar sin darnos cuenta adonde no queremos estar; y la temperatura de ebullición, porque aunque no lo parezca, si te descuidas, también esto puede hervir... y evaporarse.

El dependiente gay como las Navidades echó una lagrimilla.

—¿Te lo envuelvo?

—Claro —contestó Max— y apunta un mensaje: «Los amigos se tienen, en las parejas se está».

—«... en las parejas se está» —tecleó mientras repetía el dependiente gay como las Navidades.

Los tres aguardaron unos segundos en los que sabían que podía pasar cualquier cosa. Y, de pronto, el esperado tique salió.

—Bingo —cantó el dependiente gay como las Navidades.

Max se quedó mirándole fijamente y habló como si no estuviera allí.

—Perfecto, Toscano, firma.

—¿Por qué a él sí le aprobáis la historia y a mí no, EH? —Toscano empezó a chillarle al dependiente.

—Toscaaaano —intentó apaciguar Max.

—¡Mi historia era tan buena o mejor que la suya! La mía sería menos poética, ¡pero al menos era CIERTA!

—Eh, eh. —Max le ofreció la petaca—. Toma, bebe, tranquilízate y vete llevando el tique a la siguiente planta, que yo...

—Ya, ya, que ya vendrás —asumió Toscano.

—Eso —dijo Max mientras sonreía al dependiente gay como las Navidades.

—Voy mirando y recordando, ¿no? ¿Qué había de malo en la mía?

—Naaada. Mira, la siguiente planta es la de moda de caballeros, pero de momento no hagas nada, porque ahí las reglas cambian un poco, ya te explicaré.

—Vale, vale. Pero —dijo mirando al dependiente—, no me olvido de ti. Y tú... no... no tardes.

Toscano echó un trago, se alejó resignado de la pareja, que se dedicaba miradas libidinosas, y puso rumbo a la siguiente Puerta del Cielo.

26

LA TERCERA CITA DE LA NUEVA PAULA

Nunca hay dos sin tres. En un principio, esta cita, por longeva y especial, no iba a incluirse en la lista, pero la verdad es que dado el nivel actual de hastío y desengaño al que ha llegado Paula, al final, parece que todo vale.

Se conocieron en una discoteca, y ya esa misma noche acabaron riendo en un hotel. A él se le notaba que se reía con muchas, Paula hacía tiempo que no se reía con nadie y cuando lo hacía, era sola, así que, por una vez, decidió darse una alegría. Y vaya si se la dio. Cuando fueron interrumpidos, o mejor dicho, cuando el gran punto y seguido que dicta los días disolvió la noche, él le pidió su teléfono y ella le dio solo su número.

Al día siguiente, ella quedó con sus mejores amigas para contarles todas las risas con pelos y señales, y él quedó con otra amiga para seguir riendo. Aunque ya no fue lo mismo. Él, que siempre había defendido el humor libre, fue el primero en notar que, tras haber estado con Paula, quedar con otra tenía muchísima menos gracia. «No puede ser», se dijo, y decidió quedar con dos amigas a la vez para ver si con algo de humor en grupo se le acababan las tonterías. Y fue aún peor, pues todo lo que pudo levantar fue una media sonrisa que no dejó satisfecho a ninguno de los tres.

Así que, después de mucho aburrirse, acabó utilizando el comodín de la llamada. Volvieron a quedar, volvieron a reírse y esta vez sí que fundieron los plomos. Se desnudaron, se acostaron, se comportaron como mamíferos en celo, aunque Paula, para variar, no se corrió.

—Es que yo me corro siempre así como para dentro —mintió Paula como una bellaca.

No se corrió, vale, pero las risas fueron tan estruendosas que se pudieron escuchar a varias manzanas de distancia. Sus cuerpos parecían fabricados para reírse el uno con el otro. Sus carcajadas encajaban perfectamente, era un tema anatómico, biológico, como piezas perdidas de un puzle infinito que aún nadie se había puesto a resolver.

Había que hacer algo. Y había que hacerlo ya. Se pusieron de acuerdo enseguida. Empezarían a salir. Serían novios. Se reirían en exclusiva el uno con el otro durante el resto de sus días, y no se reirían con nadie más. Ya se irían conociendo mejor, pero, como mínimo, las risas estaban garantizadas, pensaron. Y no se equivocaban. Durante los encuentros que siguieron, se rieron en todas partes, a cualquier hora, con cualquier excusa y sin ella también.

Como él viajaba mucho por trabajo, ella decidió acompañarle, pues tanta distancia podía matarles el humor. Viajaron por todo el mundo sin salir de la habitación del hotel. Se hacían bromas, chistes, chascarrillos y coñas de todo tipo, cualquier cosa les valía para echarse unas risas, ya fueran flojas, tontas, finas, burdas o absurdas. Reían de pie, sentados, en la ducha, en el dormitorio, en el sofá, en el balcón, allá donde no pudiesen ser vistos, y allá donde sí, todavía mejor. Solo paraban para comer o dormir algo, tiempo justo para darle una tregua a las abdominales y seguir riendo.

A veces, les llamaban la atención y tenían que disimular. La gente admitía de buena gana que una pareja se gritase en público, pero eso de reírse así, delante de todos sin ningún pudor, eso no estaba muy bien visto. Una vez, cenando en un restaurante, hasta tuvieron que retirarse a los lavabos para poder seguir riendo, pues hubo clientes que se quejaron enérgicamente.

Sin embargo, como ya nos advirtió el diplomático, la tristeza no tiene fin y la felicidad sí. O sea, que el que ríe el último, ríe mejor.

Pasaron los días, se fue acumulando la pereza bajo la tupida y pesada alfombra de la rutina y, poco a poco, ella se fue dando cuenta de que ya no reían como antes. Cada vez lo hacían con menos frecuencia y, para qué engañarse, de peor calidad. Se sabían las bromas de memoria, y cuando ríes de memoria, la carcajada ya nunca vuelve a ser ni fresca ni espontánea. Los sábados, con suerte, tocaba reírse, y no porque apeteciese, sino simplemente porque tocaba reír y punto.

Fue entonces cuando Paula acudió a su madre en busca de lo que buscamos todos a partir de los treinta si acudimos a una madre: respuestas aparentemente sencillas a problemas aparentemente complejos. Le preguntó si ella y papá reían como antes. Y fue la respuesta de su madre la que la empujó a tomar una decisión.

—Tu padre y yo hace años que no nos reímos. Eso sí, no hay día que no me eche un polvo.

Al día siguiente Paula puso fin a tanto cachondeo.

27

A los pies de la escalera mecánica, un tipo de unos cincuenta tacos se echaba la siesta sobre una silla plegable. Era un cincuentón de esos que da rabia de lo bien que se conservan, porque nos recuerdan que no pesan los años, pesan los kilos.

Toscano lo despertó dando un ligero puntapié en las patas de la silla.

—Sí, ¿qué hay? —dijo abriendo solo un ojo.

—Tenga.

Toscano alargó el brazo con el tique de caja. El hombre, sin levantarse de la silla, lo leyó entero. En cuanto empezó a leerlo, le sonó su cara. Era demasiado familiar como para no preguntárselo.

—Oiga, le... yo le he visto antes, ¿nos conocemos? —preguntó Toscano.

—Puede ser.

—¿Sale... salía usted por la tele?

—A veces. Reposiciones.

Como veía que Toscano seguía sin dar en el clavo, el hombre decidió echarle un cable.

—*Dirty Dancing...*

Toscano puso cara de nada. El hombre lo volvió a intentar.

—*Le llaman Bodhi...*

Cara de tampoco.

—*Ghost...* —recitaba los títulos como quien suelta una letanía.

—Coño, ¡Patrick Swayze!

—Sí, ya, oye, bonita historia —dijo refiriéndose al tique—. ¿Es tuya?

—Bueno, sí, un poco retocada por mi agente, pero la base es cien por cien mía.

—Aaarg. Agentes. —Patrick escupió un lapo verde y viscoso y se limpió con el tique—. Son como alimañas.

—Debes de estar harto de que te lo digan —se aventuró Toscano—, pero es yo soy tu ídolo.

—Querrás decir fan.

—Pues eso, que eres mi fan.

—Jesús. Da igual.

—¿Me puedo hacer una foto contigo?

—Pero si no tienes cámara.

—Es verdad. ¿Me firmas algo?

—¿Boli?

—Ay, tampoco.

—Mira, voy a darte algo mejor que todo eso. Te voy a hacer un regalo.

—¡Chupi! —exclamó Toscano como si de pronto tuviese doce años y cien mil millones de neuronas menos.

—Atiende bien, porque esto que te voy a contar me ha costado muchos años recopilarlo, sintetizarlo y ordenarlo así de bien.

—Oh, no es nada de lo que llevas puesto...

28

—Plantéate qué estás buscando, si el éxito, que no es más que reconocimiento íntimo, o el reconocimiento, que no es más que éxito público —dijo Swayze con gesto tan profundo que parecía que estaba cagando.

Se crearon unos segundos de intensidad a lo Jesús Quintero.

—No te pillo —contestó Toscano.

—Eso mismo me dijo el cajero gay como las Navidades, el muy imbécil.

—Ahí llevas toda la razón, es un imbécil. ¿Pues no va el tío y me tumba dos historias buenísimas...? —Toscano no podía con tanto rencor.

—¿Te las tumbó él o la caja registradora?

—La caja emitió el tique... pero él la manejaba —masculló Toscano.

—No te engañes, la maneja el de arriba. TODO lo maneja el de arriba —susurró Patrick mirando al techo.

Aprovechando la cercanía y la repentina intimidad, Toscano se aventuró a preguntar lo que más vergüenza le daba verbalizar.

—Incluso... si quieres... ¿volver?

—¿A la vida? Ja, ja, ja. —La carcajada de Patrick dejó sordo a Toscano.

—¿Lo ves? Ya decía yo. El farsante ese me ha estado engañando desde el principio —asumió Toscano con expresión amarga.

—No, no. —Patrick aún se reía—. Teóricamente, aunque muy poco probable, es algo posible, sí.

—¿«Algo» posible?

Patrick puso la mano en el hombro de Toscano en un gesto a medio camino entre lo paternal y lo condescendiente.

—A ver, figurín, ¿cuántos casos conoces de gente que haya resucitado?

Toscano hizo memoria.

—U-uno...

—Exacto, y ese Uno, ¿de quién se trataba?

Antes de que pudiese contestar, Patrick siguió hablando.

—Su Hijo, amigo, su puñetero Hijo. ¿Y de verdad crees que el enchufe que mostró por la carne de su carne para «salvar a la humanidad y redimirla de sus pecados» lo va a mostrar contigo solo para que puedas echar un polvo?

—¿Cómo sabes...?

Patrick soltó otra carcajada.

—Hablando de todo, ¿cómo te llamas? —preguntó Patrick mientras le alargaba mano.

Toscano se quedó en blanco.

—¡Dios mío! He olvidado mi nombre.

—Da igual. Encantado. Yo mismo ya no puedo recordar la cantidad de tías que me tiré. Tanto placer olvidado me corta el rollo, ya sabes lo que quiero decir...

—De verdad, que yo tenía un nombre. Tres sílabas, siete letras.

—Tranquilo, amigo, todo vuelve, de ahí el éxito de las reposiciones. Ahora ¿qué vas?, ¿para arriba?

—Sí, planta primera. Fernando tiene ocho...

—Te acompaño —dijo Patrick.

—¿Puedes? ¿Y tu puesto de vigilancia?

Patrick Swayze sacó de alguna parte un cartel donde se podía leer «VUELVO EN 5 MIN. PATRICK», y ambos subieron a la planta primera, moda caballero.

Inexplicablemente, allí no había nadie. Solo ellos dos y nadie más. Ni un cliente, ni un dependiente, nada.

Por megafonía, una voz a punto del éxtasis farfullaba algo parecido a las ofertas de la semana a precios irresistibles, como siempre, en la quinta planta, tras lo cual daba paso a otra estrofa:

Sweet dreams till sunbeams find you
sweet dreams that leave al worries far behind you
but in your dreams, whatever they'll be
dream a little dream of me.

—Genial —se apresuró a decir Toscano—, hasta los dependientes se escaquean en esta planta.

—No, amigo, no es eso —replicó Patrick—, ¿no te dijo nada tu agente?

—¿Max? Ese está demasiado ocupado tergiversando historias para poder zumbarse a todo lo que se mueve.

—No hay cajeros porque, en esta planta, el pase a la siguiente no lo dan las cajas registradoras, sino los *new business.*

—¿Los vivos?

—*Yeap.* La llave de esta Puerta es el éxito y su conversión en reconocimiento. Aquí tienes que elegir a un vivo, que será el que te dé el pase a la siguiente planta. Yo lo conseguí con la ayuda de una médium, pero no te servirá, porque creo que se metió monja.

—¿Y cómo lo hago?

—Basta con que, una vez hayas elegido a tu vivo, te pongas el atuendo con el que quieras presentarte y automáticamente aparecerás esa misma noche en sus sueños. Si ese vivo, cuando se despierta, te reconoce como un sueño, ya estás en la siguiente planta. Si te califica de pesadilla...

—Me quedaré aquí, como tú.

—Ojalá, eso solo te pasa si eres famoso. Porque yo lo valgo. Como mínimo, aquí me garantizan aire acondicionado, media jornada y quince pagas. Para ti, mísero mortal, simplemente se habrá acabado tu aventura a las Puertas del Cielo. A ver, piénsatelo con calma, ¿quién te querría ver en sus sueños? Alguien de quien estés muy seguro de que tiene MUCHAS ganas de verte. Alguien que vaya a considerarte un bonito sueño. ¿Hola?

Toscano ya estaba en la otra punta de la planta acabándose de probar un esmoquin.

29

Querido Diario:

Soñar es la única forma que tienen nuestros miedos de abdicar en nuestras esperanzas. Por eso, normalmente —aunque no siempre—, para empezar a soñar primero tengo que caer dormida, que es muy parecido a claudicar. Cerrar los ojos, bajar la guardia y dejar que entren, haciéndose con el control, por unas horas, en las que todo sale y nada cuesta, en las que todo cuenta pero nada vale.

Las noches que contienen sueños son noches que duran días. Noches en las que el verbo descansar no se conjuga. Además, siempre he pensado que somos *tramívoros,* animales que se alimentan de tramas propias y ajenas. Por eso, ante la ingestión de cualquier historia, y su posterior digestión, con sus correspondientes dosis de ilusión, decepción, aburrimiento, rabia y expectación, podemos llegar a mantenernos despiertos y en vilo durante horas, incluso mientras parecemos seguir plácidamente dormidos.

A mí no me importa nada soñar. No me supone ningún esfuerzo, ni siquiera tengo que buscarlo. De hecho, vengo soñando cosas desde que era pequeñita. A veces las recuerdo, a veces las trato de olvidar sin demasiado éxito. Hay sueños que son de riguroso estreno mundial, sueños que fracasan en su primera emisión y sueños que se reponen cada temporada sin que una lo pueda evitar.

Pero lo que siempre tienen en común todos mis sueños es que se atreven a fusionar los átomos de cualquier materia, sin complejos ni concesiones. Mezclan el agua de mi presente con el aceite de mi pasado y lo proyectan hacia un futuro surrealista como quien no quiere la cosa, importándoles muy poco mi opinión, el respeto a la física cuentista o la coherencia de la química orgásmica. Son lo más parecido a un guionista loco, fumado, sindicalista y mal pagado. Y como a todo sindicalista, a este tampoco se le puede despedir.

Lo de esta noche, de todos modos, no tiene nombre. Voy a intentar describírtelo tal como lo recuerdo, aunque sabes que recordar un sueño es volver a dibujarlo de memoria sobre el papel en blanco de lo consciente, y nunca sale igual.

TODO ME SUEÑA, por Paula

Yo estaba en la cola del súper de al lado de casa. Era una cola enorme, interminable y, como todas las colas, lenta, muy lenta, lentísima. Mi carrito estaba lleno de flores de plástico, yo iba de la mano de mi última cita y el tipo que estaba detrás de mí no paraba de rascarse la entrepierna. En la caja, el pobre chico aquel que murió hace poco en acto de servicio estaba atendiendo a la gente vestido de esmoquin. A medida que me iba acercando, yo notaba que algo raro le pasaba en la cara. De pronto, llegaba mi turno, y me daba cuenta de lo que tenía. O mejor dicho, de lo que no tenía. Le faltaban las orejas, era como si se las hubieran cortado, o algo así. Yo le preguntaba cómo había ocurrido, y el cajero me decía que se las había olvidado. Yo le pregunté si es que eran desmontables, y él me preguntó si yo recordaba su nombre. De repente, antes de que pudiese inventar una respuesta que me sacase del apuro, el tío se pone de rodillas y me suelta algo sobre El Corte Inglés. Yo intentaba soltarme, pero no podía, mi cita había desaparecido, todo parecía desembocar en una pesadilla de esas de las que no puedes escapar ni despertándote. Pero justo entonces, el tío que iba detrás de mí, el que se rascaba el paquete, empezó a bailar a nuestro alrededor y sobre las cintas transportadoras mientras sonaba música de OK Go, y yo como que me relajé, porque era muy bueno bailando. Cuando acabó de bailar, entendí por qué bailaba tan bien. Era Patrick Swayze. El chulazo de Patrick Swayze, que estaba mucho más bueno vivo y al natural. Fue así como, de pronto, lo que tenía toda la pinta de ser otra pesadilla absurda sobre mi terror al compromiso, se convirtió en un sueño maravilloso y artístico protagonizado por uno de mis actores favoritos. Y sonó el despertador.

De todos modos, lo más importante no fue eso. Lo más importante fue que, como todos los timbres, este también sonó cuando no debía. Y es que justo en ese momento, en medio de todo el follón, el chico de la caja me estaba pidiendo perdón. Lo recuerdo perfectamente. Me miró fijamente y me dijo que mi ruptura con mi ex la había propiciado él. Que todo era culpa suya, o mejor dicho, gracias a él, dijo al final. Que él lo había dispuesto todo para que yo me enterase de la otra vida de mi por entonces novio, y que si ahora tenía una oportunidad para ser feliz en la vida, era por él. Yo le pregunté por qué debía creerle, cómo podía estar segura de que lo que me decía era cierto y, sobre todo, por qué me lo contaba ahora. Como ya estaba a punto de despertarme, me dijo que me lo contaría todo por escrito si yo le daba mi e-mail. Y de esta forma tan convencional acabó mi sueño: en la cola de un súper, dándole mi e-mail a un muerto para que me contara cómo había arruinado mi relación con mi ex y con una estrella de los ochenta dándolo todo sobre las cintas transportadoras.

Sé que te sonará raro, pero, pese a ser un simple y vulgar sueño, creo que fue la cita más dulce y más auténtica que he tenido en los últimos meses.

Huy, hablando de citas, te dejo, que tengo una y no llego.

Siempre tuya,

Paula.

30

Planta segunda: deportes, caza, pesca e informática.

Max miraba el reloj con gesto algo más que inquieto. Era un acto reflejo, pues sabía muy bien que el tiempo llevaba rato sin hacerle ningún caso al tictac de su muñeca, pero es que, incluso así, hacía ya horas que Toscano debía haber aparecido. Paula había definido su noche como un sueño maravilloso y ese reconocimiento, en principio, era suficiente para otorgar a Toscano el pase automático a la siguiente planta. Por eso, Max no entendía por qué seguía sin aparecer. «Se habrá instalado en los sueños de Paula», pensó. Ignoraba que eso se pudiese hacer, pero lo que sí sabía era que si la obsesión lo podía todo en vida, en muerte no iba a ser menos.

Con la sana intención del que busca ocuparse mientras espera y con la no menos urgente necesidad de encontrar a Toscano lo antes posible, Max se dio una vuelta por su planta favorita.

La Cuarta Puerta del Cielo era el reino de la testosterona o, como prefería describirlo él, un tupido campo de nabos. Aquí las preguntas eran siempre críticas y cruciales, en todas se decidía la integridad de un macho en pie de guerra contra los elementos, por lo que un buen dependiente sabía que, llegado el momento, tendría que ejercer de guía, de amigo, de psicólogo, de hermano, de padre y hasta de consultor espiritual. Era lo que en su día había sido la ferretería, pero que se había perdido con la llegada del gotelé, la tarima flotante y la moda metrosexual de la decoración *Do It Yourself.*

Los tíos aquí todavía podían hablar de cosas de tíos sin sentirse por ello retrasados sociales o eslabones perdidos, y cualquier mujer que se internase en este coto privado, este reducto identitario en vías de extinción, sabía que se exponía a ser devaluada exclusivamente como exposición volumétrica de kilos de hueso, carne y silicona.

Si hasta olía a gimnasio de los de antes de la invención del *roll-on.* Max cerró los ojos, inspiró hondo y dejó que casi todos sus sentidos disfrutaran de la experiencia.

Aquí, como bien sabía Max, el miedo era el paño, y la valentía, la llave que abría la Puerta más plagada de inseguridades y fiascos. Quizás por eso la mayoría de las mujeres siempre pasaban directamente a la siguiente planta.

Por megafonía, solo se oían golpes sobre una mesa mientras alguien intentaba anunciar sin éxito las ofertas de la semana a precios irresistibles, como siempre, en la quinta planta, tras lo cual se daba paso a otro estribillo:

All you girls 'round the world
lookin' for a guy who's a real go getter, yeah
every guy, grab a girl
love her like a man, make her feel a lot better, yeah
everybody
don't call me gigolo, don't call me casanova
just call me on the phone and baby come on over
when you need someone, when you need someone to...

Max aún seguía con los ojos cerrados cuando pudo distinguir la ya inconfundible voz de Toscano.

—¿No tendrás un poco de ron por ahí?

—¿Toscano? —Max abrió los ojos, pero no vio a nadie.

—Coño, ESE era mi nombre.

Max seguía sin dar con la fuente de la voz.

—Qué fuerte. Ahora que prefería enterrar mi identidad, tú me recuerdas cómo me llamo.

Max bajó la vista y lo vio. Lamentablemente, lo vio. Allí, en el suelo, yacía Toscano. O lo que quedaba de él. Tumbado, o mejor dicho, desparramado, todavía vestido de esmoquin y —eso sí— más desahuciado que nunca; sin orejas, sin orgullo y ahora, por el mismo precio, también sin extremidades.

—Toscano, ¿qué has hecho? ¿Y tus brazos?

—¡Y yo qué sé! Los habré olvidado. Qué más da. Si total, ella no dejaría que la abrazasen ni en sus mejores sueños. Está con alguien, Max. Lo sé porque lo vi en su sueño.

—¿Y las piernas? ¿También has olvidado tus piernas?

—Max, llévame ante un ordenador. Tengo que enviar un correo.

31

Para Max, dejarse las horas en un gimnasio para lucir un cuerpo de infarto nunca había sido solo una cuestión de coquetería ni de narcisismo, ni siquiera de salud. Era mucho más que eso. Se trataba de enarbolar la disciplina como bandera, la constancia como estandarte, en definitiva: la exhibición pública y notoria de ambas virtudes. Pero si había algo que le ponía de verdad, era el hecho de someter su musculación a una prueba de fuerza: la oportunidad de transformar tanta retórica física en algo que fuese realmente de utilidad.

Por eso, pese al deplorable estado de Toscano, Max se alegró de tener que transportarlo hasta las orillas del ciberespacio.

La sección de ordenadores se encontraba justo al otro lado de la planta. Así que Max se agachó y cargó con Toscano al hombro, como si de un saco de patatas acabadas de arrancar se tratase. Un saco que, pese a no verle la cara a Max, o precisamente por eso, entonó una inesperada confesión.

—Nunca he llorado por nadie, Max. El día que murió mi abuelo, yo tenía solo ocho años. Por primera vez en mi vida intenté llorar, pero no pude. Me sentía muy triste, muy vacío... y muy seco. Llegué a pensar que era una mala persona por no llorar por alguien tan importante para mí. Como si no lo hubiera querido. Como si le hubiera estado engañando. A él, a mí, a todos.

»En el entierro, recuerdo mirar a mi alrededor y ver a mi familia entera abrazándose desconsolada. Aquel conjunto de buenas personas que demasiadas veces no se entendían, aquellos allegados que cuanto más lejos se encontraban más se querían, de pronto, se sentían más unidos que nunca, en el único lugar del que es imposible salir solo: el desconsuelo. Y me parecieron tan honestas, tan sencillas y tan hermosas todas esas lágrimas derramándose a la vez.

»Porque fue aquel día cuando descubrí que las lágrimas se derraman, Max. No se caen, ni se tiran, ni se vierten. Se derraman. Como si se hubieran estado acumulando a lo largo de los años en las vasijas invisibles del querer. Como si cada día feliz que hubiera pasado con mi abuelo, cada momento especial de los que citaron en su funeral, todos y cada uno de mis familiares hubiesen ido guardando una a una las lágrimas que derramarían de golpe un día como aquel. Todos y cada uno, menos yo.

»La siguiente en marcharse fue mi madre. El día que nos dejó, alguien me borró la infancia, me arrancó de cuajo el derecho a toda inocencia y me dejó desnudo de nostalgia a la intemperie de la madurez. Recuerdo que no podía llorar, porque el cuerpo inerte de mi madre ya no era mi madre. Era una señora que se le parecía mucho, estirada y con los ojos cerrados, pero le faltaban justo las tres cosas que hacían que una señora cualquiera se convirtiese en mi madre: sus ademanes, sus tics y sus gestos. Ese día descubrí que la muerte consistía precisamente en eso, en el cese de todo movimiento. «De ahí la cantidad de muertos que hacen como que viven», pensé. Y de ahí que, más que triste, estuviese intrigado. Si mi madre no estaba allí, ¿dónde estaba? ¿A dónde se había llevado tanto amor desinteresado, tantas horas dedicadas sin recompensa alguna, tanta preocupación? Porque el día que se marchó mi madre se fue la única persona que se preocupaba por mí, dejándome un poco más solo ante todo lo que viniese, que desde entonces siempre sería peor que lo que se había ido.

»Con el paso de los años, mi corazón se fue llenando de vacíos, a mis recuerdos les aguijonearon las ausencias, pero mis lagrimales siguieron sin echar ni gota ni gota. Por mucho que me abandonaran, me dejaran, me humillaran y me hicieran daño, a mí me seguía siendo imposible sacar mis emociones a través de los ojos. Y lo que es peor, gracias a mis sucesivas rupturas sentimentales, descubrí que la tristeza era la madre de toda empatía y que si no eras capaz de comunicar la primera, resultaba casi imposible compartir la segunda. Si hay algo más triste que estar triste es estarlo y no parecerlo.

»Me casé, Max, pero me casé solo porque a ella le hacía ilusión. No tuve más remedio que emocionarme de prestado, porque sabía que si usaba mis emociones, jamás estarían a la altura de la ocasión. Así que le pedí prestados sus sueños y los puse en los huecos que habían ido dejando mis frustraciones. Como te puedes imaginar, tampoco funcionó. Aunque los riegues todos los días, a los sueños prestados no tardan en salirle reproches y culpas, los peores hongos del alma. Al cabo de demasiado tiempo, se nos pudrió el amor y al final hubo que fumigar.

»Entre tanta ida y venida, conocí casi todas las edades de la soledad, me salió un callo justo donde palpitan las emociones y me fue cada vez más difícil demostrar lo mucho que me dolía seguir sufriendo.

»Un buen día, cuando ya había abandonado toda esperanza de sentir y hacer sentir que sentía, apareció ella. Ella, que todo lo hizo sin saber que lo hacía. Ella, que todo lo cambió sin querer. En cuanto la vi, automáticamente empecé a descubrir el sabor amargo y salado del llanto. Porque la he llorado, Max. La he llorado mucho y, como siempre se llora, a demasiada distancia. Bajo la lluvia, mezclando mis lágrimas con las del cielo, desde el cierre derrotado de cualquier bar o bajo la media apertura de su ventana, da igual. La he llorado como nunca lloré a los que creía conocer. La he llorado por ese futuro que ya no tendremos. La he llorado por ese pasado que dejamos pasar. La he llorado hasta quedarme sin aliento. Y la sigo llorando por lo que no pudo ser, incluso por lo que nunca será.

»Sé lo que estarás pensando. Que estoy enfermo. Que no la conozco de nada. Que no hemos cruzado más de dos palabras y un precio. Pero es que, en ocasiones, la nostalgia es tan caprichosa que no necesita argumentos para doler. Se pueden echar de menos amores que jamás ocurrieron. Se pueden extrañar situaciones que no llegaron a pasar. De hecho, si nunca te ha ocurrido, eso es que nunca has querido por encima de tus posibilidades. Y si no has querido por encima de tus posibilidades, tu corazón no ha pasado de ser un órgano muscular hueco que impulsa sangre.

»Eso es lo que pasa, Max. Que la echo de menos. En toda su ausencia. Hasta decir basta. Añoro esos paseos que nunca dimos por el parque. Añoro esos besos que jamás me dio. Esas risas tontas que no nos echamos. Esa canción que nunca escuchamos juntos después de no hacer el amor.

»Tengo que volver con ella antes de morirme del todo, Max.

»Tengo que volver con ella hasta el punto en el que dejó de poder ser.

»Y volver a empezar juntos... por primera vez.

Max depositó a Toscano frente a un ordenador. Estaban llorando. Los dos.

32

LA PRIMERA CITA DE LA NUEVA PAULA DESPUÉS DEL SUEÑO

La primera cita de la nueva Paula después del sueño empezó como empiezan todas las citas, demasiado arriba. Y es que toda buena caída no es tal sin una altura cómplice e inesperadamente desproporcionada que la preceda.

Él lo tenía todo para triunfar. Doctor en Psiquiatría, máster por Harvard en Economía Social, presidente de unos conocidos laboratorios farmacéuticos y uno de los cien millonarios menores de cuarenta años según la revista *Torpes*. En su tiempo libre, todavía le había dado tiempo a estudiar sueco, esperanto y chino medieval, se había sacado el cinturón negro de taichi, el azul de jiujitsu, el diploma de *casteller* de Els Xiquets de Valls y estaba a punto de finalizar el posgrado en Reflexomacramé mientras atendía a los supervivientes por accidentes de sidecar en el Hospital Clínico, a la vez que escribía su columna semanal en la revista *Ancianas Frígidas de Hoy*.

Como buen ejecutivo de éxito, llevaba ya publicados diez *best-sellers* traducidos a cincuenta idiomas, el último sobre sexo tántrico en hoteles *low-cost*, y los niños en los colegios aprendían a enumerar las enfermedades venéreas gracias a sus manuales didácticos con ilustraciones a todo color esbozadas a mano, por supuesto, por el propio autor.

Quedaron un sábado, que es el día en el que quedan los que desean seguir quedando. Él la pasó a buscar en una limusina blanca que, cada vez que frenaba, colapsaba varias calles a la vez. Ella se puso lo primero que pilló en el armario. Y lo segundo. Y lo tercero. Y así hasta dieciséis veces más. Hasta que se hizo tan tarde que tuvo que volver a ponerse lo primero que había pillado.

—Antes de cenar, tengo entradas para un concierto que te va a encantar —le dejó caer a Paula mientras le guiñaba un ojo y le alcanzaba una copa de Crystal.

El grupo favorito de Paula tocaba esa misma noche en la ciudad. Ella lo sabía, y si ella lo sabía, él seguro que lo controlaba. Se estaba imaginando borracha en el *backstage* de cualquier estadio, colgada de la oreja de Bono para susurrarle mil maneras de acabar con el hambre en el mundo, cuando de repente se vio en la cola del estreno de *Turandot*. Ópera, sí. Un montaje especial de un aclamado director chino que había contratado a un elenco sudafricano y a un decorador paquistaní para hacerles bailar bajo la dirección de un coreógrafo húngaro, todo subtitulado en euskera. Bien sencillito, sin pretensiones.

Ya en el primer descanso, Paula se dio cuenta de que no iba a descansar. Como en una conferencia de esas gratuitas que se imparten en los centros sociales en las que hay más gente sobre el escenario que entre el público, él empezó a desplegar sus desencantos mucho más allá de lo humanamente soportable.

—Después de Derrida, deconstruir a los clásicos es la única obligación verdaderamente posmoderna, ¿no crees?

Paula se quedó esperando una carcajada que jamás llegó. La pregunta no era coña. Iba en serio. Muy en serio. Había que improvisar algo.

—Pobres clásicos, qué te habrán hecho ellos a ti —fue hasta donde pudo atinar.

Él se quedó esperando un desarrollo del tema que tampoco llegó. Ambos corrieron el tupido velo del desencuentro e hicieron como si nada de eso hubiera ocurrido. Acabó la obra, con los típicos aplausos de cortesía por parte de una audiencia culturalmente incapaz de juzgar lo que acababa de ver, pero con suficientes decibelios para despertar a Paula.

—¿Te ha gustado? —preguntó él con mirada inquisitiva.

—Pues...

—A mí mucho —interrumpió él, antes de que a ella le diese tiempo de perpetrar una mentira piadosa, y Paula se encontró ante la primera pregunta retórica de la noche.

No fue la última. De hecho, la velada entera fue retórica. De vuelta a la limusina, la tensión era palpable. Decir que no tenían mucho de que hablar habría sido considerado un eufemismo. El trayecto se hizo aún más largo que el vehículo en el que lo recorrieron, cosa que a priori parecía casi imposible.

Por el camino se desnudaron, se acostaron, se comportaron como mamíferos en celo y Paula, para variar, no se corrió.

—Es el movimiento de la limusina, que me desconcentra —mintió Paula como una bellaca.

Por fin, ya acomodados en el reservado de un lujoso restaurante, él se decidió a romper el hielo.

—Yo.

—¿Perdón? —preguntó ella, siempre tan educada.

—Yo.

—¿Tú qué?

—Yo. Solo Yo. Y después Yo.

—Ajá... —Paula aquí puso cara de «me interesa mucho lo que me estás contando».

—El día que Yo, no tengo que decirte que Yo, pero es que a veces Yo.

—¿De veras? —Cara de «no me lo creo».

—Te lo prometo. También es verdad que Yo, aunque no te creas, siempre he pensado que TODO lo demás carece de lo más importante, que vuelvo a ser Yo.

—Ja, ja, ja. —Cara de «ahí me has pillado».

—¿Verdad que es alucinante?

—Mucho mucho. —cara de «fíjate tú qué cosas».

—Algunos piensan que Yo. Vaaaale, también Mí. Pero es que Mí no tiene lo que Yo, es como Me y Conmigo, pero no tienen ni de lejos la fuerza y sobre todo la contundencia que tiene Yo.

—Sin duda. —Cara de «tú di que sí».

—Es increíble lo bien que me entiendes, Paula. Contigo se puede hablar de todo, porque sabes escuchar.

Seguramente él pronunció otras palabras. Igual, para ser justos, deberíamos transcribir aquí lo que realmente dijo. Pero la verdad es que fue esto lo que Paula oyó mientras cambiaba aleatoriamente de expresión y se dedicaba a pensar en sus cosas. ¿Y cuáles eran sus cosas?

Más que cuáles eran, sería más apropiado preguntarse dónde estaban. Porque sus cosas estaban todas en el mismo sitio. Tras la caja registradora de un súper al que —por alguna inexplicable e intrigante razón— aún no había vuelto.

33

Max enjugó sus lágrimas e intentó recuperar el control de la situación.

—Espera, Toscano, antes de enviarle cualquier cosa... ¿No crees que sería bueno que ella conociese tus intenciones? ¿Que supiera por lo que estás pasando? ¿Se lo has explicado alguna vez?

—¿El qué? ¿Que bebía los vientos por ella? ¿Que analizaba todas sus compras para imaginarme su vida? ¿Que odiaba a su pareja hasta el punto de desearle la muerte? ¿Cuál de todas me haría quedar menos mal, Max? ¿Qué tipo de psicópata se parece más al que ella querría amar? Ah, y espérate, que me olvidaba de lo más importante, ¿a cuál de esos cadáveres le haría menos ascos? ¿Cuánto crees que le gustaría sin orejas, ni culo, ni extremidades, ni VIDA?

—Foco, Toscano, foco. Quizás podríamos empezar por explicarle el tema de tus lágrimas... o, mejor dicho, la ausencia de ellas. ¿Se lo dijiste alguna vez?

—Sí, claro, es justo lo que uno espera cuando se dispone a pagar en el súper. ¿Tiene tarjeta cliente? ¿No? Pues no se preocupe, ¿sabe por qué no he llorado en mi vida? No tiene ningún sentido, Max. Además, ¿a quién le puede interesar algo que jamás ha ocurrido?

—Es que deberíamos superar esta puerta antes de que pierdas todo el cuerpo, y creo que empiezo a entenderlo todo. —Max puso la cara que ponen los malos actores cuando están a punto de revelar algo importante o cuando no recuerdan el guion.

—Pues no sabes cuánto me alegro, porque yo cada vez entiendo menos. Lo único que me ha mantenido con vida era justo lo único por lo que he sido capaz de morir, justo lo único que no he sido capaz jamás de expresar.

—A eso me refiero, Toscano.

—No te pillo.

—¿De qué moriste?

—¿Perdón?

—Sí, ¿alguna vez te has preguntado de qué, cómo y cuándo moriste?

—Pues supongo que cuando tocaba, tú sabrás, que viniste a buscarme.

—Error, a nosotros nos llamáis vosotros.

—¿Yo? Pero si ni tenía tu número, a mí no me líes.

—Hace tiempo que las decisiones vitales, las más importantes, como respirar, latir, enamorarse o morir, las lleváis a cabo vosotros, sí, pero sin la caprichosa y engorrosa intercesión de vuestra voluntad.

—Bueno, y eso, ahora, ¿qué más da?

—Pues da, da. Da porque creo que en tu caso solo nos dejarán pasar a la siguiente planta si somos capaces de contestar a esa pregunta.

—Y yo que pensaba que lo más importante era saber para qué vivimos...

—Eso no tiene mucho misterio, vivimos para dejar recuerdos, Toscano. Es nuestra única misión en la vida.

Recuerdos que luego inspirarán la vida de otros. Vidas que a veces llegamos incluso a engendrar, pero eso es circunstancial, porque no siempre ocurre. Al final, una persona que no deja recuerdos es una persona que, a efectos morales y emocionales, jamás nació. Y si tus padres no estaban, si no tenías amigos, y tu única razón de ser, por lo visto, ha sido ella...

—... he vivido solo para dejarle algún recuerdo.

—Y el día en que moriste estabas...

—... estaba frente a ella. La acababa de atender.

—Justo. Ahí lo tienes. El primer recuerdo.

—Un momento, ¿me estás diciendo que me morí para llamar su atención y así dejarle un recuerdo? ¿Tú qué te lías en esos cigarros?

—Mófate lo que quieras. Pero estoy tratando de recorrer tu muerte.

—Querrás decir reconstruir.

—Recorrer, Toscano, recorrer. Porque está claro que a ti te mató vuestra distancia.

Toscano se le quedó mirando pensativo.

—Es curioso. Es la primera cosa que dices con algo de sentido desde que te conozco, y mira que transgrede todos los principios de la física y de la medicina a la vez.

—Es así. Independientemente del resultado de la autopsia, lo que nos acaba matando suele ser algún tipo de distancia. La distancia hasta la bala que atraviesa el corazón de la víctima no es muy distinta a la distancia que recorre el suicida del quinto piso al suelo, la que realiza una célula en plena metástasis, la distancia entre dos latidos consecutivos o la tuya hasta los sentimientos de esa chica. Distancias desafortunadas e imprevistas, con un punto B en un lugar muy distinto al que creíamos cuando salimos de A, y aunque hay gente que logra encontrar de nuevo el atajo y salir airosa, la mayoría acabamos en un punto C.

—Pero yo ya estoy muerto, Max.

—Soy el que más fe puede dar de ello. Y como ya te dije, el Presi es el único que le puede poner remedio. Sin embargo, por lo que estoy viendo, me temo que antes de llegar a ese punto, si queremos convencerle de que tienes que volver, necesitaremos que tu punto B se identifique.

—Que Paula demuestre interés por mí.

—Aunque solo sea un poco.

—O que deje de tener citas.

—Eso ayudaría mucho.

—Vale, ¿y cómo se hace eso? ¿CÓMO LO HAGO DESDE AQUÍ?

Max miraba fijamente al teclado del ordenador que Toscano tenía frente a sí.

34

Toscano empezó a teclear con la nariz tan rápido como le permitió el cuello.

—Necesito abrir mi e-mail.

—¿Te ayudo?

—No, da igual.

Toscano acabó de teclear y miró la pantalla. Había escrito algo parecido a dhsbci6oks.

—¿Te importa? —suplicó Toscano.

—Aparta y toma.

Max le puso una pajita a su petaca, se la acercó a Toscano a la boca y abrió su e-mail.

—Tú dictas, yo transcribo.

Toscano reflexionó un momento, cerró los ojos y empezó a dictar con la parsimonia del que convierte caligrafía en semántica.

Querida Paula:

Quizás te acuerdes de mí, me colé el otro día en uno de tus sueños, y aunque tú no lo sepas, sigues siendo mi huésped cada noche en todos y cada uno de los míos. Durante veinticinco meses fui yo quien te vendió todo lo que te alimentó. Durante veinticinco meses fui yo quien trató de cuidarte desde el otro lado del consumo. Y al cabo de veinticinco meses, fui yo quien destapó la coartada adúltera de tu ex.

Pronto llegaré al final de mi último viaje y todo será demasiado tarde, pero antes tengo que saber algo. Necesito saber si te gustaría conocerme. Sé que te sonará un poco raro y que no tienes ningún motivo para querer hacerlo. Solo necesito que me hagas una señal, la que sea, que me hagas saber que tengo una mínima posibilidad para despertar tu interés y volveré desde donde esté, solo para poder intentarlo. Si esa señal no se produce en las próximas horas, no te preocupes, te puedo asegurar que no volveré a molestarte.

Por si esta es la última vez que lo hago, solo déjame escribirte que tanta luz jamás mereció brillar tan oscura.

Eternamente.

35

La edad de los lugares se mide en las experiencias que hemos vivido en ellos. Hay sitios que no envejecen, porque nunca nos ha pasado nada allí. Y por el contrario, hay lugares que mueren enseguida, en cuanto pasamos de etapa y los matamos de olvido.

Algo así le había ocurrido a Paula con el súper. Desde que lo dejara con su ex, prácticamente no había vuelto a entrar en el que fuera lugar de abastecimiento, avituallamiento e intendencia semanal de su anterior relación. Le daba tanto reparo que ahora incluso no le importaba hacer la compra por Internet.

Sin embargo, después del sueño, la curiosidad por Toscano empezaba a ganarle la partida al dolor por su ex. En una de esas tardes tontas en las que uno tiene mil opciones y acaba no haciendo ninguna, Paula se vio pasando por delante del súper, y lo que fue más sorprendente, entrando como si aún fuera clienta habitual.

Pilló un carrito y se dispuso a deambular por sus pasillos. Como todos los carritos, este también escoraba hacia la derecha, para que el cliente pudiese empujar con la izquierda y dejase la diestra libre con el único propósito de poder agarrar más productos. Además, el súper estaba equipado con todas las armas de seducción masiva, a saber, los productos de primera necesidad, como la leche y el pan, colocados siempre al final, con lo que tenías que patearte todo el local antes de llegar a ellos, y cada dos semanas, cambio de lugar de las secciones más concurridas, para que los consumidores no adoptasen jamás una rutina en su recorrido, lo cual mataría cualquier posible compra por impulso, base de todo beneficio incremental.

Recorrió un par de pasillos para disimular, agregando a su compra productos aleatorios a los que tampoco les prestó demasiada atención. Su objetivo era llegar cuanto antes a la caja, por lo que se entretuvo lo justo.

Su conciencia, como todas las conciencias más o menos intervenidas por una educación de pago, aprovechaba cualquier rendija entre su coherencia y su consistencia, para emitir ininterrumpidamente el top 10 de los mensajes más recriminatorios y degradantes, por cortesía de su pasado, auspiciados por todas las veces que había dicho nunca más.

En el número 10, «¿qué haces aquí, Paula?».

En el 9, entrando con fuerza esta semana, «realmente tienes que estar muy desesperada para hacer esto».

En el 8, un clásico en las listas, «espero que como mínimo no te encuentres con ningún conocido».

En el 7, «por favor, que no se te note nerviosa».

En el 6, «¿pero nerviosa de qué, si no estás haciendo nada malo?».

En el 5, «mira qué falda más mona lleva esa guarrilla que va con el anciano».

En el 4, «pero si podría ser su hija».

En el 3, «calla, que es su hija».

En el 2, «anda, que si te vieran tus ex».

Y en el flamante número 1 (en el supuesto de que se pueda aplicar el adjetivo «flamante» a otra cosa que no sea el ganador de un Premio Planeta) «mira que tener que verte así», con su pegadizo estribillo «con lo que tú has sido».

En cuanto tuvo el carrito lo suficientemente lleno como para justificar su uso, se dirigió a la cola que en su día despachara Toscano. No era la más corta ni la más rápida. Era, simplemente, la de Toscano. Bueno, ahora era la cola donde despachaba una chica joven con un *piercing* en la nariz. Había que esperar turno, tiempo necesario para recomponerse y pensar qué preguntarle.

En ello estaba cuando le entró un e-mail al móvil. Mientras hacía cola, y para hacer tiempo, lo abrió.

Estimado/a señor/a:

Quizás se acuerde de nosotros, cambiamos el otro día de dueño, y aunque Vd. aún no lo sepa, seguimos siendo los mismos. Durante veinticinco meses hemos sido líderes en ventas de alimentación. Durante veinticinco meses le hemos estado cuidando siempre desde el lado del consumidor. Y al cabo de veinticinco meses, nos hemos decidido a dar un paso más.

Pronto llegará fin de año y aunque le parezca demasiado pronto, nos encantaría saber si le gustaría contar con nosotros. Sabemos que es un tanto inusual y que a lo mejor no tiene Vd. ningún motivo para querer hacerlo. Solo necesitamos que nos conteste a este e-mail para hacernos saber que podemos despertar su interés y le haremos llegar nuestras ofertas. Si esa señal no se produce en las próximas horas, no se preocupe, que lo volveremos a intentar.

Por si esta es la primera vez que nos ponemos en contacto con Vd., solo déjenos escribirle que tanta calidad jamás se encontró tan barata.

Atentamente.

Toscano.

—Maldito *spam*.

Opciones. Borrar. ¿Borrar el mensaje? Aceptar. Mensaje borrado.

Desde la caja se oyó a la chica del *piercing* gritarle a Paula:

—¡*Next!*

36

Max cargó con Toscano a hombros hasta la caja.

—¿Ee-e-e-e-efectivo o c-c-c-c-c-con tarj-j-j-jeta? —Ante un cajero tartamudo, a nadie pareció importarle que el «producto» a escanear fuese el mismísimo Toscano.

—Afectivo, tome nota —contestó Max.

—Add-d-d-delante.

—«La valentía no se mide por lo que uno puede llegar a ganar, sino por lo que uno está dispuesto a perder», firmado A. B. Toscano.

—Ajá... s-s-s-ssiga, siga...

—No, ya está —aseguró Max.

—¿Perdón? —El encargado y Toscano preguntaron a la vez.

—Sí, que ya está.

—¿Pero qué haces? —Toscano gritaba desde la espalda de Max.

—¿No quiere... q-q-q-q-q-quizás preferiría... d-d-desarrollarlo un poco? —El dependiente disfémico trató de que entrara en razón.

—No, gracias.

—¡¡¡Maaax!!!

Max hizo caso omiso y se dirigió al dependiente.

—Mira, según tengo entendido, esta Puerta se abre con el coraje. Y después de todo lo que acaba de hacer mi amigo, si existe una demostración más valiente que reconocer que por fin ha llorado por la única distancia que lo mató, eso es que el cielo que yo le he prometido no es ni de lejos el que se merece alguien como él. Josué 1:7: «Solamente esfuérzate y sé muy valiente para cuidar de hacer conforme a toda la ley que mi siervo Moisés te mandó».

Ante la contundencia de la cita, el cajero lo pensó un poco, luego hizo mueca de «tú mismo» y pulsó *enter.*

—Max, tío, yo aprecio el detalle pero, hombre, no me hagas esto...

—Enhorabuena, sssss-s-s-se la han aceptado. Aquí tiene su t-t-t-tique.

37

Bollería industrial variada, crema antiarrugas protección 24 horas, yogur, yogur, otro yogur, ninguno *light*, un brick de leche entera, ron, 12 refrescos de cola, cacao en polvo, pan de molde familiar, helado *premium* con nueces de macadamia, pack de compresas maxi, 20 bolsas de basura gigantes, lejía de 5 litros, 6 velas aroma vainilla, sales de baño relajantes, 40 pilas AAA.

—Disculpe —intentó decir la cajera del *piercing* mientras mascaba un inmenso chicle—, hace un mes realizó exactamente la misma compra con nosotros. ¿Desea guardar esta compra como compra habitual?

—Yo... ¿qué? ¿Cómo lo sabe?

—Me lo dice el sistema.

Paula se quedó unos segundos petrificada mientras la cajera señalaba el campo en la pantalla en el que se especificaba la fecha de todas y cada una de sus visitas anteriores. Había cogido al azar exactamente los mismos productos que había comprado la última vez. «Si alguien duda de las señales —pensó—, he aquí una buena razón para creer en ellas».

—¿Y qué más le dice el sistema? —se le ocurrió preguntar.

Los clientes de la cola comenzaron a impacientarse.

—Nada, que podemos enviársela automáticamente cada mes, si quiere. Bueno, y luego detalles más privados de sus compras, cuánto gasta, en qué lo gasta, quién le atiende...

—¿Y quién me atiende? —Paula interrumpió a la cajera dejando entrever la razón que la había llevado allí.

Un cliente de la cola chistó tan fuerte que casi se le saltó un empaste.

—¿Cómo?

—Sí —dijo Paula, recuperando el tempo—, que quién me atiende normalmente... quiero decir... es la primera vez que me atiendes tú, ¿no?

—Ssssí. Exacto. La última vez la atendió Toscano.

A Paula el escalofrío le llegó hasta las uñas. Toscano. El nombre del e-mail que acababa de borrar.

—¿Por qué lo pregunta? ¿No le gusta cómo le he atendido?

—Me encanta, me encanta...

—¿Ah, sí...? ¿Te gusta...?

Las cosas estaban subiendo de tono. Paula estaba cada vez menos segura de que no fuera a desentonar. Si aquello hubiera sido una peli porno, aquí habría empezado a sonar una música de Charly Chicago a medio tempo.

—Sí. Me has atendido muy pero que muy bien. —Paula se puso todo lo coqueta que le permitieron los nervios.

—Mira que no siempre entienden cómo atiendo.

La cola era un coro de resoplidos en mi bemol.

—Entiendo.

La cajera arrancó un trozo de papel de la caja registradora y apuntó su número de teléfono.

—Me llamo Nora. Llámame y te sigo *entendiendo* donde quieras.

—¿Y Toscano? —dijo Paula mientras se guardaba el teléfono.

La cola de clientes ya era un enjambre de abejas a punto de salir de caza.

—Toscano...

La cajera señaló en ese momento la pared, donde colgaba una foto de Toscano con una guirnalda de flores funerarias debajo.

—No me digas... —Paula fingió un *shock* emocional.

—Sí. ¿Le conocías?

—Una vez... soy... fui amiga suya. ¿Por?

Nora se le acercó hasta decir basta.

—Porque sé algo sobre él que ni la policía sabe. Llámame y te cuento el resto. —Nora le guiñó el ojo y se dispuso a atender al siguiente cliente.

38

Planta tercera: moda mujer.

En la Quinta Puerta del Cielo, el público volvía a ser mayoritariamente femenino y la media de tiempo en probadores podría incluso acabar con la paciencia de los fans de José Luis Garci. (Bueno, igual tanto, no).

Por megafonía, una voz muy relajada, entre caladas a un cigarro, anunciaba las ofertas de la semana a precios irresistibles, como siempre, en la quinta planta, tras lo cual se daba paso a otro estribillo:

Isn't it romantic
merely to be young on such a night as this?
Isn't it romantic?
Every note that's sung is like a lover's kiss.
Sweet symbols in the moonlight,
do you mean that I will fall in love per chance?
Isn't it romance?

Max y Toscano aparecieron por la escalera mecánica como maletas extraviadas que ya nadie espera. Los dos reflejaban la dureza del trayecto, la fatiga acumulada, la hemorragia de emociones inesperadas y los jirones de esperanza que se habían ido dejando por el camino.

En algún momento entre esta planta y la anterior, y con más resignación que estupor, Toscano había perdido la cabeza. Literalmente, sí. Su tronco y sus órganos sexuales era todo lo que le quedaba unido entre sí para poder seguir diciendo «este cuerpo es mío».

Por suerte, el miembro de Toscano tenía un tamaño suficiente como para albergar casi todas las tareas clásicas de una cara sin perder su funcionalidad. Su prepucio se había transformado en boca y sus ojitos se habían instalado justo por encima del escroto, como dos minúsculos orificios de pestañas rizadas y párpados rugosos que le daban una tierna expresión de capullo integral, pero tierno al fin y al cabo. (Bienaventurados los que crean que en ese caso los ojos quedarían siempre por debajo de la boca, porque a ellos les pertenece el Reino de los Oh Cielos).

Ninguno de los dos hizo referencia a este trágico hecho. Para Max, significaba menos peso para transportar, aunque también se le hacía cada vez más raro mirarle a los ojos. Para Toscano, era ya la humillación máxima. Estaba claro de lo que nunca se olvidaría. Estaba claro lo que jamás dejó de ser.

Sin embargo, en medio de tanto agotamiento y tanta transformación, Toscano aún fue capaz de ironizar sobre su condición.

—Ya ves, toda la vida detrás de una caja registradora y ahora resulta que entrar en el cielo depende del crédito que me den cuando me ponga delante y encima de esta guisa.

—El cielo tenía que ser así, Toscano, no podía ser de otro modo —dijo Max—. Las cajas registradoras son los únicos confesionarios reales que nos quedan, los últimos reductos donde la gente sigue diciendo la verdad. Precisamente, registran la verdad de lo que quiere, la verdad de lo que le gusta, la verdad de lo que necesita, la verdad de lo que gasta, la verdad de lo que devuelve, la verdad de lo que tiene y de lo que le falta, la verdad de lo que es.

—Bueno —saltó Toscano—, habló el adalid de la verdad... Anda, pásame el ron.

Max sacó la petaca y se la pasó.

—Confesamos nuestros pecados —prosiguió Max impasible—, los pasamos por el escáner y a continuación pagamos nuestra penitencia en forma de crédito o débito, según el momento en el que queramos enfrentarnos al extracto de nuestra expiación. De todos modos, tu caso era especialmente previsible...

Toscano esta vez no interrumpió porque sabía perfectamente lo que iba a continuación.

—... puesto que tú te has pasado la vida condenando a la gente por sus actos de consumo, prejuzgándola, maltratándola y machacándola y ahora esa misma condena se te está volviendo contra ti.

Max dejó caer la frase lapidaria sobre el maltrecho ego de Toscano, este cerró los ojitos sobre sus huevecillos y buscó sin demasiado éxito alguna respuesta ingeniosa que le ayudara a poder esquivarla.

—Muy bien, ya que te veo con tantas ganas de ayudarme, ¿por qué no me dices cuál es la llave de esta Puerta y así me resultas útil? Aquí veo moda mujer, ¿la llave está otra vez en ellas?

—No, la Pareja nos abrió la Segunda Puerta o planta baja, ¿recuerdas?

—¡Cómo no me voy a acordar, con lo que nos costó pasarla!

—Pues eso no es nada. Esta planta es muchísimo más compleja.

—No me da ningún miedo, ya le voy pillando el tranquillo a esto.

—Ese es el problema, Toscano. Aquí, todo lo que hayas aprendido no nos servirá de nada. O en todo caso, solo te servirá para olvidarlo. Y es que aquí, la llave es tu capacidad para llevarte la contraria a ti mismo en cuestiones fundamentales. Aquí, la llave para seguir adelante será tu Incoherencia.

PARTE TRES

«Te lo aviso:
tengo un alma
y está cargada».

TITO MUÑOZ,
Una hawaiana con un ukelele.

39

LA SEGUNDA CITA DE LA NUEVA PAULA DESPUÉS DEL SUEÑO

¿Por qué los tíos se excitan tanto mirando a dos tías que se enrollan? ¿Por qué las películas porno para heteros están plagadas de escenas lésbicas? ¿Por qué el sueño erótico número uno de los hombres es un trío con dos mujeres? ¿Qué es exactamente lo que les pone a ellos de todo eso? ¿Será la sumisión al macho? ¿Será esta la verdadera y única erótica del poder? No nos vengamos arriba, porque ninguna de estas preguntas hallarán respuesta en la segunda cita de Paula después del sueño.

No deja de ser curioso que la única relación que nació sin más expectativa que el mero intercambio de fluidos a cambio de información acabara siendo precisamente la única relación en la que fructificó algo de cariño. Igual porque fue la única que nació de la verdad. Igual porque fue la única que no acabó con una mentira.

A Paula nunca le habían puesto las tías. No tenía nada en contra de las relaciones homosexuales, ni mucho menos. Como toda mujer moderna que se preciase, tenía muchos amigos gays de los que presumir en cenas urbanas. Simplemente, jamás le había atraído la idea de enrollarse con otra mujer. Y, francamente, no sería nada exagerado decir que se vio empujada por el curso de los acontecimientos. A falta de tíos interesantes e interesables, y con las ganas puestas en saber más de Toscano, la oferta de Nora la pilló a contrapié, pero no por ello a *contrafé*.

¿Quién te dice que detrás de un nunca jamás no se encuentra algo maravilloso y que realmente valía la pena probar? Hay un punto en la vida en el que empieza a verse más luz tras un «puede» que tras un «no». Y ese era justo el punto en el que se encontraba Paula.

Quedaron un domingo por la tarde en casa de Nora para ver el programa de Ellen DeGeneres, la película *El cuco estéril* y algunos éxitos de Sara Montiel —o sea, viejos, que no antiguos— mientras escuchaban los éxitos setenteros de una primeriza Gloria Gaynor.

El primer beso fue accidental. En medio de una cocina diminuta abarrotada de tensión, cuando se disponían a preparar juntas un plato de pasta para cenar, Paula tropezó con los labios de Nora y no encontró la manera de esquivarlos.

Desde el primer momento comprobó que, con los ojos cerrados, una boca no entiende de número, pero sí de género. La suavidad de los labios de Nora era algo a lo que Paula no estaba nada acostumbrada, tanto fue así que casi todos sus besos resbalaron por las comisuras para acabar estrellándose en la mejilla de Nora.

En cuanto se despistaron, ya se habían desnudado, se habían acostado, se habían comportado como mamíferos en celo y Paula, para variar, no se había corrido.

—Es que es mi primera vez con una mujer —admitió una Paula que por fin decía la verdad.

—Cariño, espero que también sea tu última.

Tenso silencio.

—¿Tan mal ha estado? —preguntó preocupada Paula.

—No, pero ha sido como acostarse con un tío. Y no me gustaría que le hicieras pasar a otra por esto.

—Ah. —Paula se quedó pensando un momento—. Vaya. ¿Y en qué notas la diferencia?

—En que yo era medio, y no fin.

Paula se acordó de la cantidad de veces que su biografía sexual le daba la razón a Nora y se sintió avergonzada. Hubiese preferido que no se le notase tanto, pero era verdad. Se había acostado con Nora para llegar a un fin, y la habían pillado.

—Perdóname, Nora, yo... yo en realidad no debería haber hecho esto —admitió Paula.

—¿Y por qué...?

—Te he estado manipulando, me tienes que perdonar.

—¿Y eso...?

—Hace unos días... hace unos días tuve un sueño...

De golpe, de corrido y con la sana intención de expiar su sentimiento de culpa, Paula convirtió a Nora en la adaptación a la carne de su diario más íntimo. Le contó lo de su sueño, lo de sus tribulaciones, lo de sus fracasos sentimentales, lo de su desgana, lo de su media vida, lo de su ex, lo de su visita al súper, todo.

Cuando acabó su relato, Nora, en lugar de enojarse, suspiró, se levantó de la cama y se dirigió al armario. Metió su cuerpo desnudo, delicado y pálido entre millones de cajas de complementos y salió con algo en su mano. Eran unas llaves.

—Supongo que esto es lo que buscas.

Nora lanzó las llaves sobre la cama.

—Yo no busco nada...

—Pues deberías.

Paula no entendía nada.

—Son una copia de las llaves del apartamento de Toscano, creo que la dirección está apuntada en el llavero.

—¿Cómo has...? ¿Por qué tienes...?

Nora selló los labios de Paula con un beso, y su curiosidad con un manojo de palabras susurradas.

—Estaban en su taquilla del súper, y sí, yo fui su último medio.

40

Max cargó con Toscano hasta un extremo de la planta tercera, justo enfrente de los probadores, donde se hallaban los típicos sofás para novios y maridos resignados a disfrutar de una tarde de compras. Cuando hubo acomodado convenientemente a Toscano sobre uno de los sofás, Max se sentó a su lado.

—No tiene ninguna lógica —dijo el prepucio de Toscano.

—¿Perdón? —preguntó Max.

—Esta Puerta, que no tiene ningún sentido.

—Pues nada, si quieres, lo dejamos aquí, ¿nos vamos?

—Lo digo en serio, Max. Hasta ahora, al menos todo era previsible. Familia, pareja, éxito y coraje. Cuatro razones por las que vale la pena vivir, cuatro motivos por los que valdría la pena haber muerto. Sin embargo, la incoherencia... ya me dirás tú qué puede haber de deseable en la incoherencia... Simplemente, no lo entiendo.

—Ya. Y me imagino que necesitas entenderlo para seguir adelante.

—No sé, ¿tú qué crees? Igual no sería el primer ser humano que abre una Puerta sin entenderla...

Max miró a su alrededor para asegurarse de que nadie les miraba, sacó la petaca y le sirvió un trago a Toscano.

—La gente demasiado coherente no debería entrar nunca en el cielo —dijo Max.

—Pues a mí este Paraíso me decepciona cada día más.

—¿Ah, sí? ¿Cómo definirías coherencia?

—Pues no sé, supongo que pensamiento, palabra y hecho no son contradictorios entre sí.

—No. Eso es la integridad. La coherencia se define más como una actitud consecuente con una posición anterior.

—O sea, integridad en el tiempo.

—Más o menos. Mira, para empezar, la gente que no se ha llevado nunca la contraria es gente que cree que jamás se ha equivocado, cosa que, como comprenderás, no es ni sano ni recomendable ni muchísimo menos verdadero.

Una mujer despistada pasó muy cerca de ellos. Max esperó a que se hubiera alejado para continuar.

—En segundo lugar, esa misma gente que adora la coherencia es impermeable a cualquier novedad que pueda hacerle cambiar de criterio, y si algo tiene la realidad esta que nos rodea, es que nos bombardea con nuevos y refrescantes datos a cada segundo, minúsculas invitaciones a replantearnos lo que creíamos saber. ¿Me sigues, Toscano?

—¿Tengo otra opción? Además, ¿qué tiene eso que ver conmigo?

—Pues que la incoherencia también figura como el germen de cualquier tipo de romanticismo. Y tú eres un gran romántico, Toscano.

—¿Yo? Pero si tú mismo me dijiste...

—Ser romántico no tiene nada que ver con cenar a la luz de las velas y recitar versos de Neruda bajo la luna llena. Eso es cursilería, pero no romanticismo. El verdadero romanticismo consiste en ser incoherente con alguno de tus principios, romperlos y traicionarlos de cabo a rabo, y hacerlo todo por amor a alguien.

—Bueno, entonces quizás sí, algo soy.

—Algo no, mucho. Piensa que la gente más peligrosa que te puedes llegar a encontrar es justo todo lo contrario, gente extremadamente coherente, individuos que, por encima de cualquier otro valor, anteponen siempre la fuerza de lo que pensaron o hicieron en el pasado a lo que piensan u ocurre en el presente. El fundamentalista es un tipo de lo más coherente. Pero también el genocida. Y el asesino en serie, ya no digamos.

—Vaya, y yo que esperaba a verme cara a cara con Charles Manson.

—Ese no fue asesino en serie, sino en secta.

—Ah, ¿lo conoces?

—Foco, Toscano, foco. Contrariamente a lo que dictamine la Iglesia, el Presi no quiere a nadie que lo tenga claro. Para eso ya está Él. El Presi lo que quiere es gente con dudas razonables. Y en esta Puerta tienes que demostrarle que has dudado de ti mismo hasta el punto de traicionar tus «yo, nunca» y alguno de tus «nunca más».

—Vale, vale, sea como sea, tengo que demostrar que he sido incoherente —admitió Toscano—. Pero ¿cómo lo hago?

Max sonrió como hacía rato que no sonreía.

—Mira a tu alrededor.

Toscano se extrañó de la respuesta. A continuación, poco a poco, empezó a girar la cabeza barra prepucio. Una planta llena de moda femenina y sus potenciales compradoras, nada fuera de lo común.

Estaba a punto de reformular la pregunta cuando de pronto lo vio. Mejor dicho, las vio. Porque estaban por todas partes. Carteles publicitarios típicos de moda y tendencia, pero con una particularidad. Todas las fotos mostraban modelos demasiado familiares para Toscano. No eran modelos cualesquiera.

Eran todas y cada una de sus ex.

41

Paula abrió el portalón de hierro que daba acceso al edificio de Toscano con esfuerzo no solo físico, sino también moral. Para una chica de colegio de pago, colarse en la propiedad privada de un desconocido con unas llaves usurpadas a golpe de sexo lésbico iba mucho más allá del delito, era directamente pecado y de los que luego te podían caer semanas de penitencia.

Y si además de desconocido, ese pobre hombre acababa de fallecer, entonces se trataba de un allanamiento con profanación, por lo que en esos momentos Paula era lo más parecido a una chica de colegio caro violando los preceptos de Iglesia y Estado a la vez.

La portería había vivido tiempos mejores. Tiempos en los que la planta baja estaría ocupada por una familia de porteros cuya máxima aspiración en la vida sería esa, la de seguir haciendo de porteros. Con el progreso, la tele y la clase media, se habrían ido al traste las vocaciones intergeneracionales y, con ellas, el éxodo rural y las aspiraciones hereditarias.

Paula se acercó a los buzones. No le hizo falta buscar el de Toscano, estaba claro cuál era. El único buzón que supuraba espuma de sobres blancos, rabioso por haber dejado de ser útil demasiado tiempo atrás.

Cogió todas las cartas que pudo y se dirigió al ascensor. En el súper ya había estado practicando cómo fingir cotidianeidad, así que esta vez casi no le costó.

Una vecina llegó de la calle y también se acercó a los buzones. Paula deseó que no le diese tiempo a llegar al ascensor, que en ese momento bostezaba para dejarle paso. Subió y pulsó compulsiva y repetidamente el primer botón que alcanzó. No había ningún motivo para desear subir sola, simplemente prefería no someterse a ningún escrutinio, aunque solo fuera visual.

La vecina practicó el ritual cotidiano de recoger la correspondencia, todo milimetrado, todo inconsciente, todo automático y todo sospechosamente veloz en cada uno de sus movimientos. En todos, salvo en uno. Cuando cerró su buzón, se quedó mirando un momento hacia el de Toscano. Fue solo un segundo, un parpadeo, lo justo para romper la rutina y para que a Paula el corazón se le saliese del pecho.

El ascensor cerraba sus mandíbulas con Paula dentro y cuando esta empezaba a respirar de nuevo, la vecina sacudió la cabeza como si volviese en sí y de un acrobático salto se coló junto a ella.

—¿A qué piso? —preguntó la vecina.

La pregunta sonó a santo y seña. A Paula se le puso cara de visita.

—A... al segundo segunda.

Ya cuando estaba pronunciando la frase, se dio perfecta cuenta de que un vecino jamás habría mencionado la puerta. Sí el piso, pero no la puerta. Así que la respuesta no fue tal, sino una invitación a más preguntas.

—¿Y a quién viene a ver?

42

Los pensamientos de Paula se sumergieron en un torbellino de preguntas idiotas: ¿por qué la vecina cotilla aparece siempre justo el día que no puedes dar ninguna explicación? Y yendo aún más lejos, ¿por qué hay SIEMPRE una vecina cotilla en TODA comunidad? ¿No sería el reclamo comercial definitivo algo así como «bloque de apartamentos cien por cien libre de vecinos cotillas»? Y para acabar de una vez con todo ello, ¿por qué las *misses* no desean ESTO en vez de paz en el mundo?

—Vengo a recoger las cosas de mi hermano. —Ni Paula se podía creer lo rápida que había sido inventando algo plausible.

—Ah. —La expresión de la mujer mudó, en una sílaba, de la suspicacia a la compasión—. Perdone, no sabía que tuviese una hermana. La acompaño en el sentimiento.

—Gracias. —A Paula también se le daba bien el papel de compungida.

En ese momento, en el primer piso y sin venir a cuento, las puertas del ascensor se abrieron y nadie subió ni bajó.

Las dos mujeres continuaron en silencio mirando a la nada más absoluta (que, como todo el mundo sabe, dentro de un ascensor se encuentra en el tercio superior de las puertas de salida) hasta que llegaron a la siguiente planta. Paula descendió y la vecina cotilla se despidió con un seco «buenos días» que quedó sin respuesta.

Paula esperó a que el ascensor desapareciese para reunir el aire y el coraje suficientes para seguir adelante. Y hablando de delante, lo que se alzaba ante ella era mucho más que la puerta de entrada a la casa de Toscano. Era también la puerta de salida a un historial sin antecedentes.

Paula accionó la llave, los goznes sonaron a capela y se introdujo sigilosamente en el piso de Toscano. Cerró la puerta tras de sí y notó que le pillaba a más de uno las pestañas. Un lúgubre y sombrío pasillo se desplegó ante ella.

El amargo aroma de la humedad se mezclaba con el inconfundible olor a cerrado, tan característico de las casas de veraneo, pero desprovisto aquí de toda calma.

Buscó en las mazmorras de su bolso y sacó su móvil, que a estas alturas ha alcanzado ya la categoría de antorcha del siglo XXI. Los primeros pasos los dio con sumo cuidado. El corto alcance de su vista era de lo único de lo que se podía fiar, pues sus oídos se habían quedado bloqueados y solo acertaba a escuchar un pitido constante, como cuando vuelves de un concierto en directo y tratas de irte inmediatamente a dormir.

En cuanto hubo avanzado unos metros, algo que colgaba de las paredes del pasillo llamó su atención. Fue entonces cuando acercó el móvil y descubrió algo que le hizo tener aún más miedo.

Las paredes del pasillo estaban recubiertas de tiques de caja. Eran cientos, miles de comprobantes de compra, con su lista de productos y su precio al final. Todos ordenados cronológicamente. Todos dispuestos como en un gran mural.

Pero tenían algo aún más extraño en común. Paula se dio cuenta enseguida. Todos eran tiques de caja... de sus propias compras. Era un museo de sus compras durante casi tres años de su vida. Todo lo que había adquirido, todo lo que había devuelto, todo lo que había cambiado, todo estaba allí. Sobre alguno de los recibos había anotaciones hechas a bolígrafo. «Empiezan a salir», «Se han ido a vivir juntos», «Él está de viaje». «Están en crisis», rezaba en uno que coincidía con la fecha en la que Paula y su ex empezaron a discutir. «Lo han dejado». Y así hasta cubrir por completo las paredes del pasillo, a ambos lados, durante varios metros de los años de su vida.

Paula intentó reprimir un grito y dejó caer el móvil.

En ese momento, desde dentro del apartamento, se oyó una voz:

—¿Ya estás aquí?

43

Toscano seguía mirando las fotos de sus ex, posados de lujo en blanco y negro, retales de un diario que jamás escribió.

—¿Qué hacen ellas aquí, Max? ¿Qué clase de broma es esta?

—Y daaale con las bromas. Si quieres reírte, luego te cuento novedades de Paula y ya verás lo bien que lo pasamos.

La indignación de Toscano exploraba sus propios límites mientras Max se liaba otro cigarro.

—¿Quién os ha dado permiso para poner ahí esos carteles?

—Tú.

—¿¡Perdona!?

—Que sí, que eres tú el que nos has dado permiso —dijo Max.

Max aprovechó el desconcierto de Toscano para encenderse el cigarro pasando una cerilla por la falda de franela de una dependienta, que solo se giró para guiñarle un ojo.

—Si más abajo las pistas eran productos, en esta planta las pistas suelen aparecer reflejadas en las campañas de publicidad. Y como en toda buena campaña, las mejores ideas salen directamente de tu memoria, identifican lo que alguna vez has pensado o sentido y lo ponen al descubierto sobre un cartel. Así que estas fotos están para ayudarte a recordar.

Toscano las volvió a mirar. Allí estaban ellas: divinas, voluptuosas y retocadas.

—Y tengo que decirte —continuó Max— que estás de suerte, he venido aquí con gente a la que le aparecían anuncios en negro. Completamente en negro. Era gente totalmente coherente y consecuente, no había de dónde rascar, y aquí acababa su viaje. Sin embargo, parece que tú sí has cometido alguna incoherencia en tu vida, para fortuna de todos, y, por lo visto, todas han tenido que ver con tus relaciones sentimentales. —Max dejó escapar una inmensa carcajada—. ¡Ja, ja, ja! ¡El cáustico de Toscano, todo un romántico, quién nos lo iba a decir!

—No sabes lo divertido que me parece todo esto.

—Pues ya verás cuando te cuente que ayer tu chica se acostó con otra para conocerte un poco mejor.

—¿¿¿¿Qué????

—¿Lo ves? Más incoherencias, la sal de la vida. Venga, Romeo, juguemos a las... interferencias. Ja, ja, ja, ja.

—Pero ¿cómo ha pasado?

—Ha pasado porque tenía que pasar y ha pasado porque estamos tardando demasiado.

—Entonces... ¿me quiere conocer...?

—Eso parece. Por lo visto, tanta aparición y tanto mensajito al final no han sido en balde.

—Ha demostrado interés por mí —dijo Toscano con una sonrisa de testículo a testículo.

—Sí, y ahora más que nunca no le puedes fallar.

Toscano se dio impulso, se dejó caer del sofá y empezó a rodar por el suelo.

—¿Pero dónde vas? —le preguntó Max.

—A la caja, nos vemos en la siguiente planta.

—¡Foco, Toscano, foco!

44

El dependiente vio rodar hacia él un tronco pegado a unos órganos sexuales. A medida que se acercaban, más que rodar, se aprovechaban de la inercia para reptar.

—¿Le puedo ayudar? —preguntó hierático el dependiente.

—Afectivo, tome nota —contestó el prepucio de Toscano.

—Cuando quiera.

SÍ-PERO-SÍ, por A. B. Toscano

Por culpa de la maldita gama de grises, nos hemos olvidado de la cantidad de blancos y negros que viven y conviven dentro de la misma cosa, o de la misma persona, en perfecta armonía, sin que se lleguen jamás a mezclar.

Existen, en primer lugar, las sí-pero-no. Son quizás las más fáciles de identificar. Auguran decepción y engaño por los cuatro costados, son una apariencia pegada a una mentira y nunca jamás cumplen lo que prometen. Por ejemplo, cualquiera de estas fotos publicitarias. Todas reflejan la imagen de una persona más o menos hermosa, sí, pero también nos invita a juzgar la belleza de un rostro sin lo más bello que tienen, que es el movimiento, ni lo más hermoso, que está en su corazón.

Luego están las no-pero-sí. En un principio, no darías un duro por ellas, pero a base de estar en contacto, se acaban haciendo imprescindibles. El tiempo es siempre su mejor aliado, pero también su gran amenaza si no se les da pie. Ahí están mis ex menos agraciadas físicamente. La grandeza de un rostro difícil de mirar es todo lo que el tiempo esculpe detrás de él y que solo los más aventurados alcanzan a disfrutar.

A partir de aquí, todo se complica, pues llegamos a las no-pero-no. Estas siempre se aprovechan de la buena fe de la gente, que siempre les da otra oportunidad, pese a que llevan escrita la desconfianza en la cara. Las más adúlteras entrarían orgullosas dentro de esta categoría.

Y por último, tenemos a las sí-pero-sí. Son pocas, muy pocas, y en peligro de extinción, pues en cualquier momento pueden convertirse en cualquiera de las anteriores. Sin duda alguna, el mejor ejemplo de esta categoría es siempre la que está por venir.

—¿Eso es todo?

—Sí.

—¿Alguna frase de regalo?

—No hace falta. Esta vez... el regalo soy yo.

El dependiente apretó un par de teclas más y arrancó el tique satisfecho.

—Pues sí, señor, debe de serlo, porque le han aprobado la historia. ¡¡¡Y SIN AGENTE!!! —gritó el dependiente—. Aquí lo tiene.

Las clientas de toda la planta se pusieron a aplaudir. Toscano levantó con una erección el tique como si fuese un trofeo. En realidad, era un trofeo. El máximo galardón que se podía obtener a este lado de la muerte.

—Quisiera saludar al héroe del día.

—¡Max! ¿Lo has visto?

—No me ha hecho falta, todo el mundo habla de ello.

—¡He pasado a la primera!

—Sí, Toscano, parece que ya estás preparado. Justo a tiempo.

La gente lanzaba vítores y hurras inventados.

—¿A tiempo para qué?

—A tiempo para seguir tú solo. A partir de aquí ya no te puedo acompañar. Aquí se separan nuestros caminos, Toscano.

La gente seguía aplaudiendo. Alguna chica se le acercó para sacarse una foto con él. Toscano no daba crédito.

—¿Ya no nos veremos más? —murmuró Toscano mientras soltaba una lagrimilla.

—Claro que sí. Mira, te dejo mi petaca, no abuses, ¿eh? Que te quiero bien sobrio delante del Presi.

Toscano hizo amago de abrazarse a Max. Sin embargo, en ese momento, un par de ancianas cogieron a Toscano en volandas y empezaron a pasearlo por toda la planta.

—Entonces, ¿te veré ahí arriba? —preguntó Toscano mientras se alejaba de Max.

—¡Por supuesto! —gritó Max—. Por supuesto —susurró.

45

—¿Hola? —dijo una Paula temerosa—. ¿Hay alguien?

—¡Sí, pasa, al fondo!

La voz venía del final del pasillo y a Paula lo que más le asustaba era su familiaridad. Su sentido común le pedía a gritos que saliese corriendo, pero el caso es que esa voz le sonaba mucho y no era capaz de saber de qué.

Decidió seguir adelante. Si estaba allí, era para despejar incógnitas, no para añadir más variables a la ecuación. Avanzó los metros que la separaban del final del pasillo y empujó levemente la puerta que daba paso a la cocina.

Sentada a la mesa, desconsolada, rodeada de *kleenex* y mocosa perdida, se hallaba su examante, Nora.

—Hola —dijo Nora entre succiones mocosas.

—¿Qué...? ¿Qué haces tú aquí?

—¿Qué voy a hacer? —Nora se sonó—. Esperarte. Al final no me diste tu móvil, pero sabía que vendrías en algún momento.

—¿Qué te ha pasado?

—A mí, nada... No es a mí a quien le ha pasado algo... —dijo Nora antes de ponerse de nuevo a llorar.

—Tranquila, tranquila. —Paula se acercó y le facilitó más *kleenex*—. Relájate, ya está. Cuéntamelo todo.

—No, Paula, no está. Tan solo acaba de empezar...

—Explícate, mujer, que me tienes intrigada.

—Él va a matarlo. Lo va a matar. Y YO he sido SU cómplice.

—¿Pero qué dices? Hazme el favor de relajarte y explícate quién quiere cargarse a quién.

—No puedo relajarme, Paula, no quiero que pienses que yo formo parte del complot. ¡¡¡No quiero ser cómplice de asesinato!!! ¡¡¡Pero te juro que no sabía nada!!! ¡¡¡Igual que tú, Paula, igual que tú!!! Yo no sabía que era un asesino...

Paula dio un paso atrás y se puso todavía más tensa.

—¿Pero quién es un asesino? Necesito saber de quién hablas, Nora. ¿DE QUIÉN HABLAS? —dijo Paula sacudiéndole los hombros.

—No lo sé. Alguien que te conoce, pero NO LO SÉ. ¡¡¡NO LO SÉ!!! —contestó Nora antes de romper a llorar.

Paula comprendió que arrinconándola no iba a conseguir mucho más. Así que buscó por la cocina, hasta que le pudo acercar un vaso y le sirvió algo de agua.

—Tranquilízate, Nora. Tranquila. Cuéntame hasta donde sepas. Tú trabajabas en el súper.

—No, qué va. Yo soy actriz del método del paro, pero actriz, al fin y al cabo.

—Y buscaste curro en el súper.

—No, me lo buscó él. Me dijo que se iba a producir una vacante en el súper y que tenía que estar allí el día y a la hora en que se produjese para interpretar un papel cuando tú llegases. Cumplió su palabra, el día que me dijo y justo a esa hora, colgaban el cartel de «SE BUSCA DEPENDIENTA». Después, él me ofreció una paga extra si hacía bien mi papel.

—¿Y cómo dio contigo? ¿Cómo os conocisteis?

—No lo sé. Siempre me llamaba desde un número oculto, siempre me pagó por transferencia, jamás le he visto la cara, no dejó ni rastro, y ahora entiendo por qué. —Nora hizo una pausa para agriar el gesto—. Porque quiere matarle.

—¿Pero matar a quién?

—A Toscano.

—¿Toscano? Pero si ya está muerto.

—Eso... eso es lo que os hemos hecho creer.

46

Planta cuarta: moda joven, moda infantil y bebés.

En la Sexta Puerta del Cielo, el cuerpo de Toscano había quedado reducido a solo sus órganos sexuales, un gran pene y dos testículos desiguales, un triángulo escaleno que se desplazaba cual oruga reptante por el parqué, dejando un viscoso rastro líquido que sería conveniente no analizar.

Estaba ansioso por llegar a la última Puerta, así que reparó muy poco en el tipo de clientela que merodeaba por esta planta.

Lo que sí era seguro es que por megafonía una voz nerviosa y expectante recibía la noticia de que iba a tener un hijo, tras lo cual anunciaba las ofertas de la semana a precios irresistibles, como siempre, en la quinta planta, y daba paso a otra estrofa:

My baby don't care for shows
my baby don't care for clothes
my baby just cares for me
my baby don't care for cars and races
my baby don't care for high-tone places.

Toscano sabía perfectamente lo que tenía que hacer, porque lo llevaba haciendo en todas las plantas. Interpretar su entorno, sacar un concepto clave y dirigirse a caja para narrar una historia más o menos estructurada que demostrase que lo había conocido, experimentado y vivido en toda su amplitud.

Apenas le bastaron un par de pasillos para verlo claro. No necesitó ni siquiera aferrarse a ningún producto —no hay manitas, no hay productito— para dirigirse a la caja.

—Buenos días.

—Hola, buenos días, ¿en qué puedo ayudarle?

—Quería que me cobrase, por favor. —El proceso no era ni la mitad de interesante sin Max—. Afectivo, tome nota.

CHICO NO CONOCE A CHICA, por A. B. Toscano

Chico NO conoce a chica. Así empiezan realmente casi todas las historias de amor. Y así suelen permanecer, con suerte, durante mucho tiempo. De hecho, la mayoría de relaciones se acaban precisamente cuando chico conoce a chica, o viceversa.

Frente a un amor aristotélico y empírico, basado en la observación, el dato y la experiencia, la vida se encarga de enseñarnos que cualquier amor que se precie comienza siendo, de algún u otro modo, intuitivo y, por lo tanto, platónico.

Frases como «tenemos tanto en común», «estamos hechos el uno para el otro» o «eres todo lo que siempre busqué» se han convertido en expresiones aceptadas y populares, pero no por ello dejan de ser tramposas, engañosas y falsas.

Nos han vendido un amor por secuencias solo de seducción que juntas jamás duran más de noventa minutos. La vida dura algo más de noventa minutos. Para bien y para mal.

Y la verdad es que las cosas no se rigen por ese metraje. Las decisiones más trascendentales y maravillosas de esta vida funcionan pura y simplemente por intuición. Luego las racionalizamos, las convertimos en modelo y, lo peor, tratamos de replicarlas. Pero no es así. El azar es a los hechos lo que la intuición a las personas. Una fuerza incontrolable que domina y zarandea nuestras vidas, las hace imprevisibles y, por suerte, algo interesantes, pero que, afortunadamente, escapa a la razón.

Si tuviera que envidiar algo de esta planta, sería la juventud, pero no entendida como belleza ni como energía potencial, ni siquiera como falta de experiencia, sino más bien como primer momento de nuestras vidas en los que se impone una verdadera dictadura de la intuición.

A partir de ahí, no hacemos más que cagarla.

—Si no se marcha, tendré que llamar a seguridad —dijo el cajero con una mano en el telefonillo interno.

—¿Perdón? ¿No me da el tique? —Toscano dudaba entre si enfurecerse o largarse por patas—. ¿Ni siquiera me va a decir si he pasado...?

—Hola, aquí la cuarta planta —dijo el cajero a través del telefonillo—. Tenemos un asunto de seguridad en la caja 12.

Toscano retrocedió un metro, luego otro, después uno más, y sin pensarlo siquiera, acabó arrastrándose escaleras mecánicas arriba, camino a la última Puerta del Cielo, camino a la presencia del Presi, también conocido como Dios.

47

—¿«OS hemos hecho creer»? —preguntó Paula—. ¿Quiénes?

—No te enfades conmi...

—¿QUIÉNES?

—Pues... pues todos los miembros de mi compañía. —Nora seguía tratando de hablar entre sollozos—. Mateo, Lucas, Juan, Marcos, yo... Al principio creímos que se trataba de un regalo de cumpleaños, una fiesta de soltero, no sé, que solo querían darte una sorpresa... pero no una lección. Si hubiéramos sabido que éramos parte de una *vendetta,* JAMÁS habríamos aceptado el trabajo. Somos profesionales.

Paula no podía creer lo que estaba escuchando.

—Bueno —siguió Nora—, también estaba ese chico de tu oficina, ese no es profesional, ese lo hizo por los 1.200 euros, pero yo creo que se le notó. ¿No lo notaste?

—Estás hablando de mis citas...

—Sí, claro, las hubo mejores que otras, ¿no crees? —Nora se permitió alguna sonrisa entre tanta lágrima—. Para mí el mejor fue Mateo, con lo gay que es, más que las Navidades, y el tío haciendo de machito ególatra, narcisista y millonario. Le va demasiado bien el papel, ¿verdad?

—Lo borda —dijo Paula mientras se convertía en estatua de sal.

—Luego está Lucas, que te hizo de ciberacosador, pobre, con las ganas que tenía de actuar en directo, pero, claro, al ser tartamudo, siempre le toca actuar a distancia. Bueno, ¿y qué me dices de Juan?, que estuvisteis un buen tiempo, ese con el que te reías tanto, le tuve que echar una mano con los guiones, porque vis cómica, lo que se dice vis cómica, nunca ha tenido. Pero yo creo que se salió el tío, ¿no?

—Todo es un montaje... Mi vida sentimental es un montaje... Y yo me he tirado a toda tu compañía.

—Pues sí. Lo del sexo en realidad era optativo, cosa que dice mucho a tu favor. Nosotros lo único que sí teníamos que hacer era inundarte de citas fracaso, hacerte ver lo mal que estaba el mercado, mientras él llevaba a cabo su plan, que desconocíamos todos. Y no fue muy difícil, la verdad, hoy en día siempre hay algo de ficticio en todas las relaciones, lo que ocurre es que lo que para nosotros era una comedia de enredo... —a Nora se le volvió a ensombrecer el rostro— para Toscano se puede volver una tragedia. LE QUEDA MUY POCO, Paula, MUY POCO.

—Pero ¿cómo lo sabes?

—Mateo me llamó anoche muy tarde desde un Corte Inglés, y después de mucho sonsacarle, me confesó que el trabajo, para ellos, no había acabado, que yo era la única que estaba al margen, pero que llevaban cuatro días encerrados allí y que estaban asistiendo todos al sacrificio público de Toscano y que nadie estaba haciendo nada por salvarle. Y luego me contó algo sobre una túnica blanca y un puro, y que... y que... que hoy se acabaría TODO. —Nora siguió sollozando desconsolada.

—Bueno, cálmate, por favor, pensemos en frío. Lo primero, hay que avisar a la policía.

—¿Y dejar que nos arresten por cómplices? Paula, POR FAVOR, NO DEJES QUE NOS INVOLUCREN EN ESTO, SOMOS GENTE DE BIEN. NO SOMOS ASESINOS, Paula, SOMOS ACTORES. PUEDE QUE SEAMOS MERCENARIOS, PERO SOLO MATAMOS POR APLAUSOS, JAMÁS POR DINERO.

—Está bien, está bien, no les llamaré DE MOMENTO. Pero me tienes que ayudar a dar con el que nos está haciendo esto.

—Yo claro que te ayudo, por eso estoy aquí, por eso he venido, pero SI YA LE HA MATADO, NOSOTROS NO HEMOS TENIDO NADA QUE VER, Paula, ME TIENES QUE CREER.

—Te creo, te creo, pero por eso mismo hay que encontrarlos antes de que esto vaya a más. A ver, ¿en qué Corte Inglés están?

—No me lo supo decir.

—Pues empecemos por ahí, vayamos a preguntárselo —dijo Paula.

—¿A quién?

—A quien te contrató.

—Pero ¿cómo? ¿Ya sabes quién es?

—Me temo que sí.

48

La farmacia era una de las joyas modernistas más antiguas de la ciudad. En ella se habían preparado ungüentos desde tiempos inmemoriales, cuando las farmacias aún se llamaban boticas y cuando tomarse una pastilla solo podía significar comerse una pasta pequeña.

Tras el mostrador, un hombre con más ganas de jubilarse que edad para poder hacerlo, resolvía sudokus con las gafas de leer a media asta.

—Buenos díaaas —dijeron al unísono Paula y Nora al cruzar la puerta.

—Hola. ¿En qué puedo ayu...? —El hombre se quitó las gafas—. Paula, guapísima, ¿cómo estás?

—Bien, Sebastián, muchas gracias. ¿Tu hijo está por aquí?

—Pues no, hija, hace cuatro días que no le veo el pelo.

—¿Y sabes de algún lugar donde pueda encontrarlo?

—¿Has probado en su móvil?

—No, pero es que es algo que prefiero tratar en persona.

—Ah, ¿quieres que le llame yo?

—NO, no, por favor, no le avises. Es... es una sorpresa.

—Qué bueno... ¿No será que volvéis a salir...? —dijo el buen hombre guiñando un ojo.

—Nnno, no es eso. —A Paula le salió la timidez a borbotones.

—Vale, vale, no me meto, espera un momento. ¡MAITEEEEE!

Sebastián desapareció por la trastienda, dejando a las dos chicas a solas.

—O sea, que tu ex es el que la ha liado parda —dijo Nora.

—Espero estar muy equivocada.

Sebastián volvió con cara de tener noticias.

—Está en El Corte Inglés de Diagonal.

—Vaya, parece que no lo estoy —dijo Paula a Nora.

—Esta mañana —continuó Sebastián—, su madre ha hablado con él, pero le ha dicho que hoy vendría a comer, así que igual, si te esperas una horita más o menos, le puedes dar la sorpresa aquí...

—¿Una hora? ¡Dios mío! Vámonos, Nora.

Las dos chicas salieron disparadas del local mientras el bueno de Sebastián trataba de enhebrar una despedida más o menos emotiva.

49

Planta quinta: cafetería y restaurante.

Séptima y última Puerta del Cielo, presunta morada de Dios. La cafetería barra restaurante era un espacio abierto barra diáfano, con treinta o cuarenta mesas y una barra barra apoyapenas forrada en piel increíblemente resistente al etanol. Al fondo, una vitrina de cristal tintado daba paso a una terraza cuya temperatura era soportable únicamente durante algunos días de mayo. El resto solo servía de foso antes del abismo antes del suelo.

No mucha gente, la mayoría sentada, y como única banda sonora el atronador quejido vaporoso de una máquina de café.

A Toscano le temblaba el pulso como a un dictador genocida veraneando en La Haya. Estaba a punto de verse cara a cara —bueno, cara a prepucio— con el Jefe de Todo Esto, y él con estos pelos. Se montó en la petaca de Max, la abrió y le dio un gran sorbo hasta que apuró su contenido. Eso le daría la confianza que necesitaba.

—¿No quedamos en que ibas a llegar sobrio? —La voz de Max hizo que Toscano girase ciento ochenta grados.

—¡Max! —Toscano le abrazó rodeándole con sus huevecillos, sonó música ñoña de reencuentro y de repente paró de sonar como quien aparta violentamente la aguja de un vinilo—. ¡Un momento! ¿Tú eres... tú eres Dios?

—Nnnoo, hombre, no, ja, ja, ja, ja. ¿Tú crees que si fuera Dios curraría como curro? Lo primero de todo, ¿qué tal por la planta de abajo?

—Raro, muy raro. ¿Pues no va el tío y después de soltarle el rollo me dice que si no me voy avisa a seguridad?

—Incoherencia, es lo que tiene. Nunca sabes si será agradable contigo... o consigo misma. Bueno, pero nada más, ¿no?

—No, me fui y subí directamente. Supongo que no habrá más problema.

—Si estás aquí, es que no lo hay, amigo. Si estás aquí, es que te lo has ganado. Toma, échate un trago —dijo Max mientras sacaba una nueva petaca de su bolsillo, a lo cual Toscano no supo decir no.

—¿Y bien? ¿Dónde está Dios? —preguntó Toscano.

—No tan rápido, chiquitín. Sentémonos, te invito a un café.

Toscano accedió de mala gana, no había llegado hasta allí para sentarse a charlar. Quería encontrarse con el Presi, y quería hacerlo ya. Deseaba poder contarle lo mucho que significaba Paula y lo poco que le interesaba entrar en cualquier lugar en que no estuviera ella.

Se sentaron junto al cristal que daba a la terraza, en una de las últimas mesas y pidieron sendos cafés.

—Bueno, entonces, ¿de qué va esta planta? —preguntó Toscano mientras era acomodado por Max.

—Esta es la planta definitiva, Toscano. Aquí ya no hay nada que vender. Aquí, por primera vez, te toca a ti comprar.

—¿Con dinero?

—No exactamente. Con decisiones. ¿Recuerdas...? ¿recuerdas lo que se escuchaba por megafonía en cada nueva planta?

—Sí, las ofertas.

—Ofertas de la semana a precios irresistibles, como siempre, en la quinta planta —dijo Max mirando inquieto hacia atrás.

—Eso.

—Pues aquí es donde se te van a presentar las ofertas más apetitosas que te hayan hecho jamás. Y tú tendrás que comprar, o lo que es lo mismo, decidirte por una.

—Ajá. ¿Y luego qué?

—Pues luego será el Presi directamente quien decidirá si tu elección te hace merecedor de entrar en el Reino de sus Cielos, o no.

En ese momento, sonó el móvil de Max.

—¡Anda! ¡Ahora me entero de que en el cielo lleváis móvil! —dijo Toscano.

—Solo para urgencias —dijo Max, entre extrañado y preocupado—. Sí... dime... ¿Cómo que está aquí? ¿Y te ha visto? ¿Cuánto tiempo tengo? Ah, vale, vale. Ok, gracias.

Max colgó y puso de nuevo en marcha el discurso en modo didáctico, pero esta vez muchísimo más acelerado.

—¿Te has acabado el café?

—No, aún me queda un...

—Da igual, acabamos de pasar al plan B, vámonos.

50

—No pasa nada, Max, estoy acostumbrado. La vida entera es un plan B. Nos obligan a estudiar para hacer algo provechoso, en vez de dedicarnos a algo que nos fascine. Porque la fascinación, como la pasión y como la vocación y como todas las agudas acabadas en «-ón», estarían en el plan A, ese que nunca es rentable, ese con el que jamás te ganarías la vida. Y luego está lo que realmente hacemos, aquello a lo que nos dedicamos, que casi nunca es aquello que realmente queremos hacer.

Max miraba alucinado a Toscano, que siguió hablando.

—Dedicación, qué palabra tan bella y, a la vez, tan prostituida. Lennon ya lo puso en forma de canción: la vida es todo aquello que pasa mientras tú te dedicas a otras cosas. Y es que vivimos en un plan B eterno y blindado anhelando acceder al plan A que vemos en cualquier pantalla, ese que siempre fue imposible, ese al que continuamente llegamos tarde.

Max trató de interrumpirle, pero no pudo.

—Y lo peor es que nadie nos lo dice, nadie nos avisa de que ya está. Nadie se sienta un día ante nosotros y nos dice «mira, lo de seguir queriendo llenar el Palau Sant Jordi con veinte mil fans que canten tus canciones, está bien, pero ya no va a poder ser, ni tienes el talento suficiente, ni estás a tiempo ya, pero la buena noticia es que no pasa nada, podrás vivir bien». Hay médicos que se entrenan para dar malas noticias, no sé por qué no incluyen esta. Seríamos mucho más felices. O igual no, pero podríamos intentar serlo antes.

Max miró fijamente a Toscano, se levantó y lo llevó en volandas hasta la azotea, sobre el borde de la barandilla. Los metros de vacío se acumulaban bajo sus narices y la gente les miraba desde abajo esperando algún tipo de espectáculo suicida.

—Joder, esto está muy alto, Max.

—Mira allá abajo. ¿Lo ves?

—¿Qué?

—¿Aquel tipo de túnica blanca?

—Ah, sí. Menudo pieza.

—Ahí lo tienes. Ese es Él.

—¿Me tomas el pelo? ¿Con lo que me ha costado llegar hasta aquí, dejándome la vida, la memoria y el resto del cuerpo, el tío va y está ABAJO? ¿En la calle? ¿Tan tranquilo?

—Es Dios, hace lo que le da la gana. Como bajar de vez en cuando a fumar. Y le encantan los habanos. Además, imagínate lo mal que quedaría un cielo apestando a puro —dijo Max sin dejar de mirar atrás.

—¿Y ahora qué hacemos?

—Pues tenía un plan A mucho más elaborado y divertido, pero, afortunadamente, como te he dicho, tengo un plan B que va más al grano. —Max bajó la voz—. Esta Puerta se abre con la Duda. El que duda de sí mismo, para empezar, y de los demás, para continuar, es SIEMPRE el que está más cerca de la Verdad y el que al final hace que la humanidad avance. Descartes fue un gran *dudólogo.* Y también Darwin. Y santo Tomás. Y Freud. Y Popper. Y cualquier científico que se precie.

—Pues suerte que tu plan B iba al grano.

—Tenemos un objetivo: que el Presi te deje marchar, ¿no? Porque tú NO quieres entrar en el cielo, ¿correcto?

—Correcto.

—Tú quieres tu oportunidad con Paula, ¿verdad?

—Verdad.

—«Por nada estéis afanosos, sino sean conocidas vuestras peticiones delante de Dios en toda oración y ruego, con acción de gracias». Filipenses 4:6. Lo que vas a hacer es dejarte caer, posarte a su lado y convencerle de que tú eres tu gran duda.

51

Toscano se quedó esperando una carcajada que jamás llegó.

—Estás loco —respondió—. Con esta altura me voy a...

—¿A qué? ¿A matar?

—Ya. Pero es que yo siempre he tenido mucho vértigo, Max.

—No te preocupes, ni vas a notar la caída, es solo cuestión de...

—No-no-no puedo...

—ESCÚCHAME, MUÑÓN DE PENE. —A Max le cambiaba la voz por momentos—. Romanos 8:35: «¿Quién nos separará del amor de Cristo? ¿Tribulación, o angustia, o persecución, o hambre, o desnudez, o peligro, o espada?». NO TENEMOS TIEMPO PARA ESPERAR A QUE DIOS SUBA. O BAJAS TÚ, O QUIZÁS PERDAMOS LA ÚLTIMA OPORTUNIDAD PARA VOLVER A VER A Paula. ¿ME ESCUCHAS?

—Alto y claro. Pero no entiendo por qué te pones...

—Lo que tienes que hacer es bajar ahí CAGANDO LECHES y convencer a ese Dios de que tú no deberías entrar, de que si hay alguna duda aquí eres tú.

—Vale, supongamos que no me escoño, yo bajo, me poso a su lado, y luego, ¿cómo le convenzo?

—Ahí es donde te lo tienes que currar, yo me he tomado la libertad de traerte un folio y un bolígrafo para que puedas exponer de tu puño y letra los motivos por los que crees que deberías abandonar este lugar.

—Anda. ¿Y por qué tengo que escribirlo ahora?

—Porque sé lo nerviosos que os ponéis luego, cuando os toca estar delante de Él. No quiero balbuceos. No quiero coletillas. La duda debería quedarse solo en el fondo de tu discurso, jamás en la forma. Piénsalo bien y, sobre todo, procura que suene convincente, que esta vez sí que te la juegas a una sola carta.

Pese a su patente y creciente nerviosismo, Max acertó a colocarle el bolígrafo en la punta del prepucio a Toscano.

—Hala, a escribir. Tú, cuando acabes, agárrate bien a la nota y salta, que ya nos veremos abajo.

Max cogió a Toscano de los huevecillos.

—Has sido mi mejor alma, el alma de mi vida. —Max le dio un abrazo y su mejor alma dejó caer una lagrimilla blanca.

Dejó a Toscano haciendo las veces de pisapapeles con bolígrafo en los labios y se dirigió a la escalera mecánica, por donde ya asomaban Paula y Nora.

52

—Dime que solo has venido a hacer unas compras —dijo Paula.

—Cariño... —fue todo lo que acertó a decir Max.

—Ni cariño ni leches, ¿dónde está Toscano? —preguntó Nora.

—Vaya —dijo Max dirigiéndose a Paula—, veo que ya conoces a tus falsas citas... Nora, me decepciona tanto verte aquí, ¿pero no erais vosotros LOS MÁS profesionales?

—Sí, claro, hasta que te has puesto a matar a gente —dijo Nora.

—¿Matar? —Max se santiguó—. ¡Dios me libre!

Nora entornó los ojos:

—Mateo me lo ha contado todo.

—Max McCain —dijo Paula—, ¿qué has hecho?

—Quererte, Paula. Quererte como nunca nadie te ha querido. Y obrar en consecuencia.

—¿Y qué tiene que ver el pobre Toscano en todo esto?

—«El pobre Toscano» acabó con lo nuestro, Paula.

—¿Pero qué dices? TÚ acabaste con lo nuestro, TÚ te tiraste a aquella guarra.

—Sucio sexo, cariño, puro acto carnal. Te aseguro que me confieso todos los días y cumplo severa penitencia por ello. FUE UN DESLIZ, UNO EN MI VIDA.

—Un desliz que os duró veintiún meses —recordó Paula con amargura.

—Si Toscano no hubiera hecho lo que hizo, solo ella, Dios y yo lo sabríamos, y tú jamás te habrías enterado.

—DEJA A DIOS DE UNA VEZ, TE ESTOY HABLANDO DE TOSCANO. No puedes echarle la culpa a él de tus problemas, Max.

—Cierto, pero sí puedo arruinar su vida igual que él ha hecho con la mía. Lo mínimo era pagarle con la misma moneda. Números 31:1: «El Señor habló a Moisés diciendo: "Toma primero venganza de lo que han hecho a los hijos de Israel..."».

—Pero si ni siquiera eres judío. Y Toscano, ¿dónde está? Tendrá algo que decir —dijo Paula mientras le buscaba.

—Nada, él mientras tenga su dosis de esto... —Max les enseñó su petaca.

—¿Qué es? —preguntó Nora mientras se lo arrebataba y, tras probarlo, se aventuró a adivinar—. ¿Ron?

—El mejor ron guatemalteco con cola, y *light* —respondió Max.

—¡Zacapa! Mi favorito. —Nora se alegró de tener tan buen paladar y le dio otro sorbo.

—¡No bebas! —dijo Paula.

—Justo. Bueno, con unas gotitas de ibogaína, pero sí, el resto es Zacapa.

—¿Iboqué? —dijo mientras se llevaba una mano al cuello.

—Ibogaína, Nora —respondió Paula mientras le quitaba la petaca de las manos—. Tranquila, que no es veneno, es un alcaloide indólico originario del Congo, produce alucinaciones de alto grado, una sensación de fuerza física fuera de lo común y tomado en abundantes dosis puede acabar provocando convulsiones, vómitos y... hasta... la muerte.

—Gracias, me dejas más tranquila.

53

—Veo que aún recuerdas lo que te enseñé —dijo Max—. Lo pasábamos tan bien juntos, cariño...

—Entonces, esto es lo que le diste a Toscano para llevártelo del súper —dijo Paula.

Max trató de continuar embelesado, pero le costó compaginarlo con la tensión del momento.

—A ver, ¿esto de qué va? Este es el momento en el que os lo desvelo todo, aun a riesgo de ir a la cárcel, ¿no?

—Si callas, será aún peor —inventó Paula—. Tú eliges: a nosotras ahora, o a la policía después.

—Claro, claro. Oye, ¿y cómo es que no habéis venido ya con ellos?

—Eh... están en camino —dijo Nora.

—Ya. —Max suspiró—. ¿Y cuáles son los cargos? ¿Que me he paseado por todo El Corte Inglés aguantando los desvaríos de un tarado sin comprar nada? Eso lo hacen miles de mujeres casadas todos los sábados y no veo que acaben en chirona.

—Quiero entenderte, Max. Necesito hacerlo —dijo Paula en un tono algo cariñoso—, y necesito hacerlo ya. Tengo que saber hasta dónde has llegado por mí.

Max guardó silencio un momento, se mojó los labios y tomó aire como quien se dispone a condenarse.

—Lo del súper fue lo único complicado. El día que yo había citado a Nora para llevarme a Toscano y que ella le pudiese sustituir, justo coincidió que tú estabas en la cola, así que me las tuve que apañar para drogar a Toscano. Soborné a un niño...

—Serás... —dijo Nora.

Paula le hizo un gesto para contenerla.

—Soborné a un niño, le di cincuenta euros para que llevase un bizcocho cargadito de ácido oxíbico y esperé a que Toscano se lo quitase... y lo mordiese. Y así ocurrió. Pero insisto, mi amor, todo lo he hecho por nosotr...

—¿Ácido oxídico? —Nora abría el diccionario Paula para obtener la definición.

—Oxíbico, Nora. GHB, la droga de los violadores. Pérdida del conocimiento e incluso de la memoria, con fuertes propiedades afrodisíacas. Supongo que es eso lo que le daría también por las noches, para poder llevárselo y traérselo a voluntad.

Max asintió impresionado.

—Pues el pobre chaval, con semejante cóctel de drogas, se lo debe de estar pasando pirata —dijo Nora compasiva.

—Está mejor que cualquiera de nosotros tres. En estos momentos, cree que es un gran falo que está a punto de entrar en el cielo para hablar con el Altísimo. Dime tú si eso es sufrir. Corintios 4:17: «El sufrimiento de aquí abajo no tiene proporción con la gloria del cielo».

—Un momento. ¿Así es como has retenido a mis actores? ¿Drogando a los verdaderos dependientes? —preguntó Nora.

—Igual que hice contigo, Nora, ahora no te extrañes. Necesitaba que alguien me siguiera la corriente para expiar los pecados de Toscano y traerlo hasta aquí, haciendo penitencia en todas y cada una de las plantas, bueno, en todas salvo en la cuarta, no llegué a tiempo de drogar al cajero, pero eso ya está solucionado. Y ahora tú y yo estamos aquí, Paula, CASI solos tú y yo.

—Vaya tipejo —dijo Nora, y se abalanzó sobre él para tratar de estrangularle, maniobra que quedó hábilmente esquivada por un atlético Max.

—Espera, el e-mail —dijo Paula—. Yo recibí un e-mail de Toscano.

—Un imprevisto. Lo reconozco. Yo redacté ese e-mail. Yo te lo envié. Pero lo que no supe prever fue que la cuenta de e-mail de Toscano incluiría automáticamente su nombre como firma. Me di cuenta cuando ya lo había enviado.

—¿Hacía falta? —preguntó Paula.

—Mujer, me lo podría haber cargado de forma más rápida y fulminante, pero, primero, el Señor jamás lo habría aprobado, y segundo, la cárcel no me pareció un buen atajo para poder volver contigo.

—Nunca vamos a volver, Max. Métetelo en la cabeza. Nunca.

—Pues entonces no te deberá importar que obre sobre él como él obró sobre nosotros, plagarlo todo de testigos que le han visto desvariar y al final que sea Toscano el que acabe con su propia vida. De hecho, ahora, mientras hablamos, se encuentra escribiendo de su puño y letra una entrañable nota de suicidio.

Paula y Nora se miraron aterradas. Max continuó:

—Salmos 55:22: «Echa tu carga sobre Jehovah, y él te sostendrá». Total, un chalado más que se tira cornisa abajo en El Corte Inglés. ¿Y a ti qué más te da, Paula?

¿EH? ¿O es que sientes algo por ese tarado? ¿A quién has venido a buscar, Paula? ¿A mí, a él o a ti misma? ¿No has visto la cantidad de citas fracaso que puedes llegar a sufrir si no estás conmigo? ¿No has visto lo mucho que me necesitas? Soy tu familia, Paula, soy tu sagrada institución de la familia.

—¿De verdad tú saliste con este tío? —preguntó Nora a Paula.

—Cuando estuvimos juntos era un maestro embaucador, pero parece que ya ha perdido facultades, ahora tiene que tirar de estupefacientes. Estás enfermo —le replicó Paula, dejando atrás a Max para ir en busca de Toscano.

—¿Ah, sí? —Max agarró a Paula por el brazo—. ¿Quién está más enfermo? ¿El tipo que conserva todos tus tiques de compra durante años y empapela con ellos la pared de su casa o el que te protege de esa clase de personajes? ¿El que arruina tu relación para salir contigo o el que lucha con uñas y dientes para conservarla? ¿El que está aquí confesando lo que es capaz de hacer por amor o el que está ahí afuera a punto de saltar al vacío?

En cuanto pronunció la palabra «vacío», se escuchó un espeluznante alarido cruzando la cafetería en todas las direcciones. Una mujer se había levantado y, señalando al lugar donde antes estaba Toscano, vociferaba histérica:

—¡¡¡Se ha tirado!!! ¡¡¡Se ha tirado!!!

54

Paula y Nora corrieron escaleras abajo como alma que lleva el diablo, literalmente. Las plantas descendientes se sucedían como si rebobinaran una película deteniéndose en todos y cada uno de sus fotogramas.

Mientras bajaban, por la mente de Paula pasaron sus últimos meses de absoluto infierno emocional, sin norte que seguir ni brújula que lo detectase, entremezclados con la cara del único inocente, Toscano, que, como todos los inocentes, parecía ahora más buena persona de lo que jamás realmente fue.

La obsesión de Nora fue otra mucho más prosaica: ir reclutando sus actores a medida que se acercaban a la calle. Conforme bajaban, les exorcizaba de su papel, les hacía saber que todo había terminado, les explicaba que Toscano se acababa de suicidar y les obligaba a que las acompañasen hasta la planta baja.

Tal y como ocurre en la vida, salieron de la inocente duda gracias a la intuición, para pasar después por una planta plagada de incoherencia, de la que huyeron gracias al coraje, que les condujo a un cierto éxito y, finalmente, a la pareja. No llegaron a la familia porque querían quedarse en la superficie y para llegar a una familia, como todo el mundo sabe, hay que profundizar, como mínimo, hasta el semisótano.

Ya en la calle, a Paula, a Nora y a sus actores no les hizo falta preguntar dónde se encontraba el suicida. Un gran círculo señalaba el epicentro del morbo, reuniendo a vecinos y curiosos en torno a la anécdota del día, eso sí, sin hacer nada por ayudar.

Paula apartó una a una a las moscas con forma de ser humano que fue encontrando a su paso hasta que accedió a su panel de rica miel. Allí, sobre el asfalto, cual isla rodeada por un lago de sangre, yacía el cuerpo inerte de alguien a quien ella había conocido, enamorado, adorado, despreciado e incluso odiado.

Era el cadáver de todos sus miedos.

Era el cadáver de Max.

55

La cara de Max dibujaba una extraña sonrisa. Como si lo último que hubiera visto fuese algo extremadamente placentero. Su cuerpo había perdido toda forma tras el golpe, convirtiéndose en lo más parecido a un manojo de huesos y órganos metidos en un saco de piel. Y en su mano, agarrado con la fuerza de un incipiente rigor mortis, un papel manuscrito.

Max había salido corriendo en dirección opuesta, hacia la cornisa de la terraza. No hacia Toscano, sino hacia la cornisa. Le importaba un huevo Toscano. No buscaba el cadáver de un pirado, sino la nota de un suicida.

—¿Buscabas esto? —dijo Toscano.

Max se giró y vio a Toscano, todavía encaramado a la cornisa, sosteniendo el papel en su mano.

Se oían múltiples sirenas, un concierto improvisado y desacompasado que no buscaba el aplauso, sino la desgracia. Algunas eran de policía, otras de bomberos, alguna otra debía de ser de alguna ambulancia. Nora y sus actores se disolvieron como terrones de azúcar entre tanta multitud.

Paula se agachó y arrancó el papel de la garra inerte de Max. Mientras se alejaba lentamente de la escena, paseando por la avenida Diagonal una soleada mañana de otoño, desplegó el papel y se dispuso a leerlo.

Mi amada Paula, cuando leas esto, yo ya estaré mudando de piel, de vida y de conciencia. Dicen que crecer es aprender a despedirse, y a mí eso se me da bastante mal, así que no sé muy bien en qué habré estado perdiendo el tiempo.

Bueno, de hecho sí que lo sé. Ahora lo sé perfectamente. Una vez, alguien me dijo que los principios no son principios hasta que te cuestan algo. Yo siempre he creído que podría llegar a matar por ti, y aquí estoy, a punto de cometer un homicidio premeditado, alevoso, justo y tremendamente necesario. Estoy a punto de demostrar que amarte es y ha sido siempre el fin de todos mis principios.

—¿No te habías...? —preguntó Max.

—Señoras mayores, qué impresionables son, ¿eh? —respondió Toscano—. Te agachas aparatosamente tras una baranda y ya se piensan que te has suicidado... Aunque no las culpo, ellas están bajo el efecto de la peor droga, que es el paso de los años. ¿No crees, Max? ¿Tú qué opinas...?

Max callaba, entornaba los ojos y apretaba los labios. Sentía la cabeza abotargada, como si le hubieran pisoteado el conducto de palabras entrantes y salientes.

—Empiezas a percibirme con dificultad, ¿verdad? Es difícil atinar cuando bebes esa basura que me has estado metiendo, ¿a que sí? Y eso que tú solo la has probado en el último café... Imagínate yo, que me la he estado metiendo desde que nos conocemos.

El caso es que hoy se me cayó el cielo. Y se me cayó, no en cualquier sitio, sino a los pies de un Corte Inglés.

Se me cayó por todo lo que jamás me pude creer. Se me cayó por todo aquello que le faltó.

Justicia. Eso es lo primero que le faltó al cielo. Arreglar cuentas, equilibrar balances, devolver algo de esperanza y demostrar que vivir realmente ha valido la pena. En mi caso, la justicia de encontrarte, la justicia de conocerte, la justicia de poder quererte de cerca, esa que no pudo ser.

No es justo que tú estés sola. No lo es, porque no lo quieres. Y no lo quieres, porque no te lo mereces. Y mereces tantas cosas, Paula. Los capullos que han jugado contigo y con tus sentimientos no tenían ni idea de con quién estaban. Cada lágrima tuya debería haber arrastrado diez de cada uno de ellos. Cada caricia desperdiciada sobre la cara equivocada se fue acumulando bajo el amargo bofetón de cada ruptura.

Max empezó a acercarse lenta y torpemente a Toscano, que seguía de pie sobre la cornisa sujetándose tan solo con una mano, mientras con la otra sostenía la nota, y detrás, el abismo.

—Ahora, eso sí, algo pasó en la cuarta planta que empecé a recuperar los sentidos. El último dependiente coincidió con el bajón de mi última dosis. Un dependiente de Emidio Tucci, Martinelli y raya a la derecha, un dependiente muy alejado de los dependientes de *piercing*, G-Star y Superga a los que me tenías acostumbrado, un dependiente demasiado expeditivo, demasiado eficiente, demasiado... real. Mala suerte, chico —chistó Toscano—. Mala suerte porque te juro que hasta ahí casi me habías convencido. Lo que le faltó al cielo, además, fue una buena dosis de perfección. Me fijé, como siempre hago, en la compra del resto de clientes, no pude evitarlo. Era una compra demasiado imperfecta, demasiado terrenal, demasiado incompleta para mi gusto, una compra de vivos, de infelices y necesitados.

> *Max no era mal tipo. Doy fe. Él te quiso, a su manera, pero te quiso tanto como para tratar de inventar un infierno para ti y un paraíso para mí. Debería haberlo intentado al revés. Tal vez así, hoy, estaría contigo. No sé. La verdad es que todo lo hizo para volver contigo y eso, para mí, le convierte en un mártir.*

Max lo veía todo borroso.

—En fin. Toma —dijo Toscano ofreciéndole la nota a Max.

Max receló del ofrecimiento.

—La vida entera es un plan B, ¿recuerdas? Y tú necesitabas esta carta para redondear el tuyo, ¿no? Pues aquí la tienes, de mi puño y letra. Ten, es toda tuya.

> *Sin embargo, por encima de todo, lo que le faltó al cielo, lo que no hubo por dónde creerlo, fue la definición de verdad. Si la verdad se reduce a lo que nos explicamos, entonces la mentira no existió jamás. Y yo, a medida que canjeo años por juventud, me voy dando cuenta de que hay cosas que ni pueden ni deben ser relativas. Lo absoluto solo tiene sentido cuando llevas demasiado tiempo a merced de lo relativo, y ya has podido descubrir lo yermo, estéril e infructuoso que te resulta para ser feliz.*
>
> *Quererse es un valor absoluto, como también lo es confiar, creer o comprometerse. No puedes embara-*

zarte un poco. ¿A que no? Pues si lo piensas, casi todos los valores realmente importantes de la vida también son discretos, binarios y dicotómicos, tampoco admiten puntos medios y no están hechos para gente a medias.

Mentir es vivirse a medias. Y la otra mitad es lo que llamamos muerte.

Max atinó entre vaivenes a coger la nota, pero Toscano no la soltó. Ahí permanecieron unos segundos los dos, agarrados al mismo imposible, al borde de un abismo tan irreal para uno como inminente para el otro.

—El fin de tu plan es el principio del mío —susurró Toscano.

Fue la última frase que escuchó Max.

No me creí el paraíso, no tenía ningún motivo para creérmelo y, sin embargo, seguí luchando para entrar en él. No conocía el destino, no sabía si podía confiar en la compañía, ni mucho menos en mis sentidos y, sin embargo, lo perseguí como si me fuese la vida en ello. Dirás que es muy estúpido por mi parte, y seguramente tengas toda la razón. Pero, dime una cosa, ¿acaso no es eso lo que hacemos todos cuando empezamos cualquier relación? ¿Construir paraísos incluso antes de dar de alta suministros, lucidez y cordura?

Si la experiencia es lo que somos, la intuición es lo que podemos llegar a ser. Y si te he intuido bien, algún día yo podré estar contigo. Aunque me pueda costar una vida. Aunque ya nos haya costado una muerte.

Hoy, más que nunca, te deseo todo lo que te mereces, pero ante todo te deseo que sea yo el que algún día te lo dé, y que sea yo el que te lo pueda seguir dando...

... hasta que la muerte te acompañe.

Eternamente tuyo,

Abel Bernbach Toscano

Paula se detuvo, cerró los ojos y dejó caer la cabeza sobre su espalda, la carta sobre la calzada y el alma sobre sus pies.

56

Bollería industrial variada, crema antiarrugas protección 24 horas, yogur, yogur, otro yogur, ninguno *light*, un brick de leche entera, ron, 12 refrescos de cola, cacao en polvo, pan de molde familiar, helado *premium* con nueces de macadamia, pack de compresas maxi, 20 bolsas de basura gigantes, lejía de 5 litros, 6 velas aroma vainilla, sales de baño relajantes, 40 pilas AAA. Nada de fruta. Nada de verdura. Y, sobre todo, ninguna maquinilla de afeitar.

—¿Efectivo o con tarjeta? —preguntó Paula.

—Afectivo, tome nota —respondió Toscano.

57

—Buenos días.

—Buenos días.

—¿Tu nombre es Max? ¿Max McCain?

—Sí... ¿y tú cómo lo sabes?

—Porque eso de ahí debe de ser tu cadáver —respondió ella al tiempo que le facilitaba su tarjeta de visita.

Filmografía del 15

1. *El séptimo sello,* de Ingmar Bergman (1957).
2. *Annie Hall,* de Woody Allen (1977).
3. *El cielo puede esperar,* de Warren Beatty y Buck Henry (1978).
4. *Autopista hacia el cielo,* interpretada por Michael Landon y Victor French (1984-1989).
5. *Amanece, que no es poco,* de José Luis Cuerda (1988).
6. *Ghost, más allá del amor,* de Jerry Zucker (1990).
7. *Pesadilla antes de Navidad,* de Henry Selick (1993).
8. *Así en el cielo como en la tierra,* de José Luis Cuerda (1995).
9. *Desmontando a Harry,* de Woody Allen (1997).
10. *El show de Truman,* de Peter Weir (1998).
11. *Matrix,* de Andy y Larry Wachowski (1999).
12. *Big Fish,* de Tim Burton (2003).
13. *La novia cadáver,* de Tim Burton (2005).
14. *Scoop,* de Woody Allen (2006) .
15. *Shutter Island,* de Martin Scorsese (2010).

SIMPKIN AND THE TAILOR OF GLO

SIMPKIN AND THE TAILOR OF GLOUCESTER™

A MUSICAL PLAY

MUSIC BY DOUGLAS YOUNG

ADAPTED FOR STAGE BY JOHN MICHAEL PHILLIPS

F. WARNE & Cº

FREDERICK WARNE

Published by the Penguin Group
27 Wrights Lane, London W8 5TZ, England
Penguin Books USA Inc., 375 Hudson Street, New York, New York 10014, USA
Penguin Books Australia Ltd, Ringwood, Victoria, Australia
Penguin Books Canada Ltd, 10 Alcorn Avenue, Toronto, Ontario, Canada M4V 3B2
Penguin Books (NZ) Ltd, 182–190 Wairau Road, Auckland 10, New Zealand

Penguin Books Ltd, Registered Offices: Harmondsworth, Middlesex, England

First published in 1992

1 3 5 7 9 10 8 6 4 2

ISBN 0 7232 4023 X

Typeset, printed and bound in Great Britain by
William Clowes Limited, Beccles and London

CAST
(in order of appearance)

The Humans

THE STORYTELLER
MR BELLOWES *the Town-crier*
THE MAYOR OF GLOUCESTER
HIS BRIDE
TOM *the Mayor's Boy*
MR PRICHARD *the Tailor of Gloucester*
SIMPKIN *his cat*
MRS SPECK *the Mayor's housekeeper*
BUTCHER
DAIRYMAID
PEDLAR
CAROL SINGERS, PEOPLE AND CHILDREN OF GLOUCESTER

The Animals

MICE

BUMPKIN *a country mouse*
DORMOUSE *a sleepy mouse*
ENORMOUSE *a large mouse*
FAMOUSE *a well-known mouse*
IGNORAMOUSE *not a clever mouse*
NIBBLER *a small mouse*
PITTER AND PATTER *two young mice*
SQUEAKER *a funny mouse*
THOMOUSE *a practical mouse*
WHISKERS *a mouse with a mousetache*

RATS

DRAT
BRAT
GROUCH

OTHER ANIMALS

COCK-O-THE-WALK *A cockerel*
HENRIETTA *His girl friend*
2 SPARROWS
2 BATS
TERRY THE TERRIER

Our play takes place in Gloucester about two hundred years ago.

SCENE 1	The Town Square, three days before Christmas
SCENE 2	The Tailor's Shop
SCENE 3	The Tailor's Kitchen. A little later
SCENE 4	The Tailor's Shop. Late afternoon
SCENE 5	The Town Square
SCENE 6	The Tailor's Kitchen
SCENE 7	The Town Square
SCENE 8	The Tailor's Kitchen. The same night
SCENE 9	The Town Square. Christmas Eve
SCENE 10	The Tailor's Kitchen. Night-time on Christmas Eve
SCENE 11	The Town Square. Midnight, Christmas Eve
SCENE 12	The Tailor's Shop
SCENE 13	The Town Square. Dawn on Christmas Day
SCENE 14	The Tailor's Kitchen. Christmas Morning
SCENE 15	The Town Square
SCENE 16	The Tailor's Shop
SCENE 17	The Town Square after the wedding

It is possible to have a pause between scenes eight and nine.

INTRODUCTION

Beatrix Potter's *The Tailor of Gloucester* is a fairy-tale, with mice instead of fairies.

This version, with Simpkin in a major role, follows the original quite closely. The liberties taken with Beatrix Potter's 'little book' involve the addition of more characters; characters who hover just outside the pages of *The Tailor of Gloucester*. They include the Mayor, his bride and his housekeeper—you can't expect a Mayor to do his own shopping. Mr. Bellowes, the Town-crier (a real Gloucester name, by the way; so is Mrs. Speck) is introduced to carry the story along, and to be a point of contact between audience and stage.

There are also many small parts to give lots of children a chance to be involved. The first aim is that the children on stage should enjoy themselves; entertaining the audience, most of whom will be friends and relatives, comes a close second. Many of the parts aren't very demanding, and provide a chance for the less obviously talented child to shine.

It's been structured so that the scenes flow smoothly into each other. Like any good musical, the action shouldn't stop when the music starts. You'll know if you're up to speed; the whole thing shouldn't last longer than 45–50 minutes. If it does, speed up and cut something if you have to.

Casting

Don't be put off by the size of the cast. The play has been written in the knowledge that it's easier to cut characters than to add them.

There are 20 humans, 11 mice and 10 other animals in the play. There is also a percussion band, a choir, citizens and children of Gloucester. About 60 in all. This may be too many for a small school, especially if you stick to just one year.

The parts are written so they can be reduced in number. The street vendors; Rag-and-Bone man, Knife grinder, Gingerbread seller, can be from the Choir, or even reduced to one, singing one tune. The First, Second and Third Citizens can be cut altogether. The Butcher and Baker will probably be citizens of Gloucester anyway. The mice can be reduced to five. Pitter and Patter can be lost, and the parts of Bumpkin, Whiskers and Nibbler given to remaining mice. The Choir and the Citizens can be the same children. The part of Tom can be cut. (Though it's a wonderful chance for a child who can act, but finds speech difficult.) All these cuts mean the cast could be reduced to about 25. If even that is too many, try doubling up some characters; the rats with street vendors; the Dairymaid with the Bride and so on.

A word about the sexes

Most parts can be played by a boy or a girl. It would be best if the Tailor, the Mayor and the Town-crier appeared to be male, but the story is what counts. A 'trousers' role for a couple of girls wouldn't hurt at all. Equally, it probably helps to have a female bride and housekeeper, but boys playing girls has a long and honourable pedigree—so feel free. The rough boy can equally be a rough girl—we all know some of those. As for the animals—who's to know?

Some notes about the cast

The Storyteller This is a very important part; some schools might even like to consider using an adult. He or she must command the stage and the audience. He/she can read the words from a book at a permanent position to one side of the stage; or sometimes move about, leading the audience's attention to the next scene.

Singing Some parts of the play can be spoken or sung depending on talent and time available. The optional songs are clearly marked in the text.

The Choir They sit and sing at the edge of the stage. They are easy for the conductor to control in this position. They occasionally are part of the action. They will wear costumes and should remain on stage all the time.

Orchestra The percussion band should see and be seen. They need a good view of the action as they have to make windy and other spooky noises from time to time.

The Set

Don't try to build mediaeval Gloucester. Base your ideas on Beatrix Potter's drawings. A cut-out or cloth with some of those lovely wooden houses painted on would look fine.

The play is written so it may be performed on a traditional (proscenium arch) stage, a theatre-in-the-round or in a school hall or gym.

There are three sets.

1. The Streets of Gloucester
2. The Tailor's Shop
3. The Tailor's Kitchen

The scenes have to change quickly. So make your basic set *The Streets of Gloucester*, into which the other scenes are put. The streets can be a painted cloth, cut-outs (see above) or just the stalls and awnings of the market folk.

The Tailor's Shop should be constructed around a big table (about 8 × 3 feet), preferably on wheels for easy movement. It should be strong enough for adults to stand on. It should have a drawer for props. To it is fixed the window through which everyone looks; there can be a door too. There is a curtain which can be drawn over the window. This 'shop' can remain on the left side of the stage most of the time.

The Tailor's Kitchen needs to be in two parts. The bed—on wheels for quick moving—and the fireplace, a low cupboard, chair and hamper. This set can remain most of the time on the right hand side of the stage. The citizens of Gloucester can double as stage hands to help move these things.

If you have the time, money and expertise, you can make a revolving stage with the kitchen on one side and shop on the other. Getting really fancy, you could have a third side with a bit of Gloucester on it; the outside of the shop, say. (The revolve obviously wouldn't work for theatre-in-the-round.)

Ideally (if you can't do a revolve) all three sets should be left on all the time; just direct the audience's attention to the next area with the lighting.

Put the Choir, citizens and mice at the side of the acting area on benches, which don't make as much noise as chairs.

The market stalls can be built on prams, wheelbarrows or even bicycles. They need to be wheeled on and off quickly.

Props

You will need to make or acquire some special props for this play. Among them will be:

IN THE MARKET PLACE
A giant cotton reel
Market stalls
Pedlars' trays
Some fake (or real) things for the stalls; sausages, ribbons, sweets and so on
A town-crier's bell and staff

IN THE TAILOR'S SHOP
A tailor's dummy
Tailor's cardboard patterns
Big tailor's shears
Candle and candlestick (electric!)
Coloured cloths, including cherry-coloured lengths
Some cut out pieces for the coat
The finished coat (doesn't have to be perfect; the audience will see it from a considerable distance).

FOR THE MICE
Two huge needles (about 1.20 m/4 ft long)
Several huge buttons (about 23 cm/9 in across)
Two big cotton reels
Two huge thimbles (Based on a biggish flowerpot)
One large piece of cherry-coloured material, big enough for mice to crawl under.

IN THE KITCHEN
A large hamper
A large teapot

Lighting

If you have a building in which you can control the admission of daylight you are off to a good start. If, on top of that, you have stage lights available, you should be able to mount a really professional production of this play.

You can help the drama (and the set-designer) by identifying different acting areas with suitable lighting; a cold blue light for the outdoors; warmer orange colours for the kitchen; silvery-blue for moonlight and so on. Lights can do the work of sets if you have enough; the audience will see where the kitchen is; it's the warm area with the bed in it.

If you can't do any 'theatre' lighting, at least try to get some extra light on the acting area. It helps to focus the attention of the audience, and makes the actors feel visible and important. If you can't do day and night lighting, use some props to show the time difference; a cut-out sun for day, a moon for night.

Avoid using real candles with children around. Torch bulbs look good, and are a lot safer.

Costumes

These are very important. It is easier and cheaper to get good costumes made than good sets. Parents (alright—mums) will often help, and do it for love. But they need clear instructions and regular supervision or you will get some peculiar mixtures on the first dress rehearsal.

In the design, be guided by Beatrix Potter's drawings. The costumes are very clear. She has drawn them as if it were about 1780, although she learnt of the story in 1890. Make a choice as to period, and stick with it. If you mix different centuries something will look a bit odd.

A note of caution about the animal costumes. My experience has been that children don't like wearing masks that cover the whole head—especially for nearly an hour. Try to design bits that can be fitted on; noses, whiskers, ears; things that give the animal character without suffocating the child. It's too late to discover at the dress rehearsal (and masks always arrive at the last minute) that the children object when the heads are put on!

It's worth spending time and money on costumes. They will make tatty sets look better, and make the children in them feel good and perform better.

The Production

It's worth repeating—keep it moving! Devise ways to ensure there are no gaps for scene changes or music cues. The MD (musical director) shouldn't wait until the talking stops before raising his baton; it's poised ready for the music the moment the cue comes.

Get the children to pick up their spoken cues quickly; you can even do it as a game in rehearsal, giving points to the team who leave fewest gaps. Don't wait for laughs. They'll come if they're coming.

Vary the pace. Sometimes things should slow down to let the audience recover their breath, like when the Tailor first falls asleep in front of the fire. Other times, when the mice are insulting Simpkin, it should go like a machine-gun.

Use the audience. This play has a touch of the panto about it (Simpkin is first cousin to Puss-in-Boots and Dick Whittington's cat). Let the audience join in the chorus of the carols they know—the words could be printed in the programme. The Storyteller talks direct to them so they should feel pretty involved.

If your stage will allow it, have the Choir and citizens enter and process around the hall among the audience. This is a guaranteed thrill for parents and children alike. There's a chase between the Terrier and Simpkin; the Town-crier can go off through the audience ringing his bell. You may be able to find other places where the action can stray off the stage.

The Choir, citizens and mice should sit quietly around the edge of the stage when not performing. It keeps them involved, gives them better exposure, and saves time on entrances and exits. Also—they can't go missing!

The Storyteller is always on stage; he can sit or stand and watch the action when not reading.

Don't be too respectful of the stage instructions. They are there to be a help, not a straightjacket. If something doesn't work for you, change it.

This is meant to be a comedy, so don't let the feeling get too heavy. Putting on *Simpkin* should be a pleasure, not a trial.

SIMPKIN AND THE TAILOR OF GLOUCESTER

(above) Stage set for a school production of Simpkin. (below left) Mrs Speck visits the Tailor. (below right) Simpkin tries to steal sausages from the meat stall.

(above) The mice in consultation. (below left) Cock-o-the-walk and Henrietta dance and sing on Christmas Eve. (below right) The Pedlar shows off his wares.

(left) The Mayor tries
on his new coat
(below) The Cast

Scene 1

The Town Centre of Gloucester

As the audience take their seats, centre stage is Famouse, sitting on a cotton reel, reading 'Tailor and Cutter'.

Singing is heard. The Choir and citizens of Gloucester enter through the auditorium and move onto the stage.

1. CHOIR (*as they enter*)
Deck the halls with boughs of holly
Fa la la la la, la la la la
'Tis the season to be jolly
Fa la la la la, la la la la.

Don we now our gay apparel
Fa la la la la, la la la la
Troll an ancient yuletide carol
Fa la la la la, la la la la.

See the blazing Yule before us,
Fa la la la la, la la la la
Strike the harp and join the chorus
Fa la la la la, la la la la.

The stage fills with the citizens of Gloucester. They wheel carts with pretty ribbons, sweets, cakes, boughs of fir, holly. Christmas goodies of all kinds. The Butcher brings his cart, tempting with sausages and hams.

Choir and citizens move around the stalls, buying and greeting one another.

RAG-AND-BONE MAN (*said or sung*)
Rags, bones, jam jars, rabbit skins
Rags, bones, jam jars, rabbit skins.

KNIFE GRINDER (*said or sung*)
Knives, scissors, razors to grind!
Knives, scissors, razors to grind!

GINGERBREAD SELLER (*said or sung*)
Hot spice! Gingerbread, smoking hot!

Hot spice! Gingerbread, smoking hot!

Out of the crowd comes the Town-crier. Everyone stops to listen to him.

TOWN-CRIER (*ringing his bell*) Oyez! Oyez! Good people of Gloucester! Know ye that His Worship the Mayor shall be married on Christmas day. On Christmas day in the morning! Oyez! Oyez!

The citizens listen and nod. Then start gossiping amongst themselves. ('That'll be nice!' 'I'll look forward to that!' 'Time he got married!')

STORYTELLER (*who always talks to the audience*) In the time of swords and periwigs, when gentlemen wore full-skirted coats with ruffles and flowered lappets, Gloucester was a fine, rich city. The people had money enough and to spare, so when Christmas came around, they spent it on fine, rich trinkets, and had a fine, rich time.

So special was the time that people got married on Christmas day; and this year was to be no different. The Mayor of Gloucester himself is to wed; look where he comes.

The Mayor and his bride-to-be enter. He is a bit dull in his dress; she is young and in the height of fashion. We may easily see why the Mayor needs a new coat.

BRIDE (*timidly*) Of course I'm looking forward to the wedding, dearest. But you do look a bit of a fuddy-duddy. I'm sure you'd feel more comfortable in some new clothes.

MAYOR We are not a fuddy-duddy. Our appearance is smart! Tom! Do we need new clothes?

Tom (who is not very bright) scratches his head. Opens his mouth to reply. Before he can:

MAYOR There! Tom thinks we are fine as we are. We are the Mayor, not a show-off!

BRIDE Perhaps just a new coat? To please me?

MAYOR We can't possibly get a new coat! It's only three days to Christmas. Who could make a coat in such a short time? Eh, Tom?

Tom makes an effort to think, then spots the Tailor and Simpkin who have just come on.

TOM (*pointing to the Tailor*) Erm, ah . . .

The Mayor is by now looking the other way.
The Tailor is on his way to the shop.

BUTCHER (*to the Tailor*) You made my trousers. (*To the citizens*) Don't ask me how sirs!

BAKER (*to the Tailor as he passes*) You made my vest; it's simply the best!

KNIFE GRINDER (*showing his jacket*) Look at this 'ere. (*To a smart passer-by*) 'Tis the best in the shire.

SMART MAN I don't need to be told. (*To the Mayor, showing his coat*) This is seven years old!

BRIDE (*pointing to the Tailor*) He could make you a coat, dearest. He's the best tailor in all Gloucester.

MAYOR (*uncertain*) We like *this* coat. It's smart enough.

BRIDE People expect their Mayor to be dressed in the latest fashion. (*Sweetly*) Won't you do it, dearest, just for me?

MAYOR Well, don't know. We'll have to ask you-know-who. Yes, that's the ticket. Ask Mrs Speck . . . Come Tom! Go before! (*Tom does, importantly*)

They go off into the crowd.

The Tailor is chatting to some friends. Simpkin is a nuisance, trying to steal sausages from the meat stall; people put up with him because they like the Tailor.

STORYTELLER In those days there lived a tailor in Gloucester, much respected for his skill. He was called John Prichard, and gentlemen came from miles around to order their clothes from him.

Simpkin and the Tailor move towards the shop.

STORYTELLER (cont'd) Though he sewed fine silk for his neighbours, he himself was very, very poor. He only had the clothes on his back, a little shop to work in, a little room to sleep in; and a cat. While the Tailor was well-liked, his cat, Simpkin, was not.

FIRST CITIZEN (*Simpkin tries to steal something from her basket*)
Get away! You're a sinner!
You'll not have my dinner!

SECOND CITIZEN
Be off! Catch some mice!
You're a scoundrel. Not nice!

THIRD CITIZEN
Go home's my advice!
I shan't tell you twice.

The Tailor does not hear; he's a bit deaf.

KNIFE GRINDER (*sings to Simpkin with meaning*)
Knives, scissors, razors to grind!

RAG-AND-BONE MAN (*ditto*)
Rags, bones, jam-jars, *cat* skins!

Simpkin takes the hint. He sticks close to the Tailor. They approach the shop and go in.

Scene 2

The Tailor's Shop

The Tailor and Simpkin settle into the shop.

STORYTELLER All day long the Tailor sat in his little shop. While the light lasted he sewed and snippetted, piecing out his satin and pompadour and lutestring. Stuffs had strange names and were very expensive in the days of the Tailor of Gloucester.

The Tailor gets on the table and settles down to work. He warms his hands on a candle.

TAILOR Now get you home Simpkin, and light a fire in the grate to warm my bones when I am done here. There will be snow falling before the day is out.

Simpkin looks cautiously out of the shop. He does not like snow. He sees the formidable Mrs Speck arriving.

SIMPKIN (*to the Tailor*) Growl . . . ssch.

TAILOR (*involved with his work*) What's that, Simpkin? (*Simpkin edges towards the door*) If only you could talk. You'd have such interesting things to say. How you keep cool in summer with all that fur; why you have to wash yourself so often; how you like lying in front of the fire while I tickle your tummy . . .

He turns. Simpkin has gone. He is talking to Mrs Speck. She is not amused.

MRS SPECK Every tailor I've met is one sandwich short of a picnic. Mad, all of you.

TAILOR (*getting down*) Beg pardon, ma'am. It is Mrs Speck, am I right? (*He peers at her through his glasses; takes them off*) Yes, I am right. How can I help you, ma'am?

MRS SPECK I need a coat; I mean his Worship the Mayor needs a coat, for his wedding. He is to be wed on Christmas day! In the morning.

TAILOR Christmas day! Well, that should be fine, ma'am. That leaves me—let me see—(*Counts on his fingers*) a year and . . . three days to finish it. Yes, I think that will be fine.

MRS SPECK Not next Christmas! This Christmas! The Mayor is to be married in three days time.

TAILOR (*shaking his head*) Three days time! You won't find anyone here to make a coat in three days; dear me, no. (*Helpful*) You could try Bristol. There's a tailor who has a lot of help . . .

MRS SPECK I need look no further, Mr Prichard. I have my tailor here, in Gloucester. You, Mr Prichard. You shall make the coat.

TAILOR I . . . I . . . Me? In three days? I think not, Mrs Speck. Not I. Too little time, you see.

By now Mrs Speck is hunting amongst bits of material that lie on a shelf. She finds some cherry-coloured silk.

MRS SPECK The very thing. Cherry-coloured silk. He always did suit a warm colour. Goes with his cheeks.

She fishes a piece of paper from her bag.

Here are the details:

Cherry silk for the coat—that'll strike the right note;
The waistcoat of satin—to tuck his cravat in.
Embroidered with roses—in bunches or posies.
Trimmed neatly with gauze—which looks good out of doors.
And green worsted chenille—that has a nice feel.

And there's one thing I missed; a fine cherry twist
For each buttonhole. That's the whole rigmarole!

Three mice—Thomouse, Squeaker and Famouse—sneak out from behind a curtain. Mrs Speck sees them.

MRS SPECK (*climbing onto a stool*) Aaah! Mice!!! Insects!! Vermin! (*The mice are upset by this*) The little nasties! They run up my skirts. Help me, Mr Prichard, help me do!

Tailor gestures to the mice to go away. They do. He helps Mrs Speck off the chair.

TAILOR They'll not hurt you ma'am. Sticks and stones may break your bones, but mice'll never harm you.

MRS SPECK (*getting down*) Where's that cat of yours? Never here when he's wanted, always here when he's not wanted. Just like a child. (*Calming down*) Now, back to business. A lot to do, not much time. The sizes, Mr Prichard, for the coat.

The Tailor licks his pencil.

The one he's got pinches—
So, the neck, nineteen inches.
The chest forty-five.
And now we arrive
At the hem of the coat.

It will be, with the pleat,
A good twenty-two feet!
Four pockets with flaps
Twenty buttons perhaps
That should about do it—
Come on man, get to it!

TAILOR (*trying to keep up with all this*) Neck . . . uh . . . forty-five! Hem . . . eh . . .

MRS SPECK (*preparing to leave*) Three days, Mr Prichard.

TAILOR I . . . I . . . I'll never get it done . . . Ma'am . . .

MRS SPECK Yes you will. Fifty pounds says you will!

TAILOR Fifty pounds? Fifty pounds!! I will!

MRS SPECK The Mayor always keeps his word to those who please him. Well, nearly always.

She sweeps out.

TAILOR Alack! I am worn to a ravelling! But I shall make my fortune! (*He does a little dance of joy*) Fifty pounds! What a Christmas we shall have! Simpkin shall have new boots; for me—plum pudding and mince pies! (*Gets out his tailor's shears*) But now, to work! Let's see—twenty pockets and four buttons . . . no, that's not right . . . 48 inches around the neck . . .

The Tailor turns his back as he starts to cut out the material, his voice drops to a mutter.

Scene 3

The Tailor's Kitchen

Simpkin, who has been hunting for something to eat, gives up and stretches out in front of the fire, and pretends to fall asleep behind the chair. During this . . .

STORYTELLER The Tailor did not sleep at his shop; he lived near by in College Court. Although it was not a big house, he was so poor he only rented the kitchen. When the Tailor was not at home Simpkin kept house by himself; though it was more mouse-keeping than house-keeping.

2. **Mouse music.** *During this the mice run on in twos and threes, going about their business. A couple have a shopping basket; another lady mouse with a small baby in a pram.*

STORYTELLER (cont'd) For behind the wooden panels of all the old houses of Gloucester there are little mouse staircases and secret trapdoors. The mice run from house to house through long narrow passages, getting in and out without any keys.

The ten mice begin to tiptoe into the kitchen.

ENORMOUSE (*a large mouse*). (*Beckoning the others*) It's all clear. Come on.

NIBBLER (*a small mouse*) I'll watch the door.

DORMOUSE (*a sleepy mouse*) That's my job. I'm the doormouse.

FAMOUSE (*a well-known mouse*) I'm not afraid of that Simpkin. I'll use my catapult on him.

IGNORAMOUSE (*not a clever mouse*) What's a catapult?

SQUEAKER (*a funny mouse*) Oh, Ignoramouse! Like a dogapult, only for cats. What shall we play?

WHISKERS (*a mouse with a mousetache*) How about cat and mouse?

THOMOUSE (*a practical mouse*) We play that all the time.

BUMPKIN (*a country mouse*) Let's sing 'Three Blind Mice'. While the cat's away, we mice can play.

FAMOUSE I shall lead you. Mousetro, please. (*He signals to the conductor*)

Music starts. The tune should be played through first, so the mice can get out three hankies and blindfold Dormouse, Thomouse and Nibbler. Then they sing and dance the first verse.

Simpkin, unseen by the mice, has stirred, and is taking a keen interest in his dinner.

3. **ALL MICE**
Three blind mice, three blind mice,
See how they run, see how they run.
They all ran after the farmer's wife,
Who cut off their tails with a carving knife.
Did ever you see such a thing in your life
As three blind mice.

By the end of the first verse Simpkin is well positioned. As the singing finishes he pounces. The mice without blindfolds scurry away. Simpkin grabs Dormouse, and stores her in a hamper.

Simpkin lies low again.

Thomouse and Nibbler peek out from under their blindfolds.

THOMOUSE Where have the others gone? And where's Dormouse?

NIBBLER Probably fallen asleep.

Thomouse shrugs. The music starts again.

NIBBLER AND THOMOUSE

Two blind mice, two blind mice,
See how they run, see how they run.
They both ran after the farmer's wife,
Who cut off their tails with a carving knife
Did ever you see such a thing in your life
As two blind mice.

The same thing happens. Simpkin seizes Thomouse, and hides him in the hamper. Nibbler peers from under her blindfold.

NIBBLER (*stamps her foot*) Thomouse! Stop being silly! We're not playing murder, you know. Ah, well.

The music starts again.

NIBBLER

One blind mouse, one blind mouse,
See how she runs, see how she runs

Simpkin can wait no more; Nibbler joins the others in the hamper. Simpkin goes back to the fire and snuggles down, content that a good dinner of mouse is waiting for him.

Famouse tiptoes out, but is unable to open the lid of the mice's prison. He pulls a face at Simpkin, then runs back to the others.

STORYTELLER Simpkin was well pleased with his afternoon's work, even if the mice were not. (*He looks over to the Tailor's shop*) As for the Tailor; he worked at his silk and satin, and turned it round and round, and trimmed it into shape with his big scissors.

Scene 4

The Tailor's Shop

The Tailor is still sitting with his back to us. He turns round; lights another candle. All the pieces for the coat are now cut out. (They can have been hidden in a drawer or under some paper.) He holds up various pieces as he checks them.

TAILOR Cherry-coloured silk for the coat, with three sleeves . . . no, no two sleeves, one for each leg. The waistcoat to be embroidered with ro . . . RO . . . ROO . . . ah-tishooo. (*Huge sneeze*) Roses. I fear I am not altogether well.

He gets out a huge hankie. He blows his nose.

How fine it will be! There are twelve pieces for the coat, and four for the waistcoat. And for the button-holes in the waistcoat; cherry-coloured silken thread . . . called twist; because it comes all in a twist! (*He hunts in an old shoe box for the twist*) Here we are. One, two, two . . . TWO . . . AR . . . TISHOOO . . .

He scrabbles in the box. There is no more twist.

No more twist! (*He looks again*) I'm sure I have seen some a . . ., ah, ah . . . Aah . . . AAH TISHOO!!! . . . about. No more twist. How will the Mayor get his fine coat for Christmas day?

By now it is snowing. The Tailor looks out of the window.

STORYTELLER The Tailor worked as long as the light lasted. That day snowflakes came down against the small leaded window panes, and it was early dark. He left everything ready to sew together in the morning; all that was missing to complete the coat was that one length of cherry-coloured silken twist.

The Tailor bustles around getting his coat and hat

TAILOR It's snowing! And I have a fever coming. Best cure is a quick cure; home to bed and fresh in the morning.

He blows out the candle and leaves the shop.

Scene 5

The Town Centre of Gloucester

The street fills with citizens and carollers, carrying lanterns. The Tailor joins them.

TOWN-CRIER (*singing*) Oyez! Oyez, good people of Gloucester! Know ye that his Worship the Mayor shall be married on Christmas day, on Christmas day in the morning!

The Town-crier walks through the crowd and joins the carol singers

4. CAROL SINGERS
God rest you merry, Gentlemen,
Let nothing you dismay,
For Jesus Christ our saviour
Was born on Christmas day.
To save us all from sin and death
When we had gone astray.
Oh, tidings of comfort and joy,
Comfort and joy,
Oh, tidings of comfort and joy.

The Tailor has been saving up a sneeze during this, and lets it go.

CAROL SINGERS AND CITIZENS Scchhssssshh!

The Tailor blows his nose. As the carol singers start the next verse the Tailor goes to his house.

CAROL SINGERS (*making their way to their places on the side*)
From God our Heavenly Father
A blessed Angel came,
And unto certain shepherds
Brought tidings of the same,
How that in Bethlehem was born
The Son of God by name,
Oh Tidings of comfort and joy
Comfort and joy,
Oh Tidings of comfort and joy.

The carol singers sit. The Tailor blows his nose and enters his house.

SCENE 6

The Tailor's Kitchen

Simpkin is pretending to be asleep in front of the fire, one eye open. The Tailor gives him a nudge.

TAILOR Wake up, Simpkin, wake up. I am to tailor a coat for the Mayor's wedding, and we shall make our fortune! I shall live on cakes and ale, and you shall eat mice no more! (*Simpkin isn't too pleased; he likes mice*) But Simpkin, I am worn to a ravelling, and like to catch cold.

He goes to the teapot and gives it a good shake. It rattles. He takes out a coin.

Take this groat Simpkin, which is our last fourpence, and buy a pennyworth of bread, a penn'orth of milk and a penn'orth of sausages. How much does that leave Simpkin? Four pence, three things to buy.

SIMPKIN Errr . . . ahhh . . . growwww . . . (*Cat thinking noises!*)

Simpkin raises one paw to scratch his head.

TAILOR That's right! One penny! (*To himself*) Perhaps the cat isn't so scatty. (*To Simpkin*) With that last penny, Simpkin, you are to buy me one twist of cherry-coloured silk to finish the co . . . co . . . coo . . . ATISHOOOOOO . . . (*Simpkin jumps*) coat, for I have *no more twist.* And do not lose it Simpkin, for I am undone and worn to a threadpaper.

The Tailor bustles about looking for Simpkin's coat and boots. He heads for the hamper where the mice are stored. Simpkin gets there first, and sits on it.

TAILOR What? Is your coat not in there? (*Trying to get by*) Are you sure, Simpkin? (*Simpkin shakes his head*)

The Tailor turns to look elsewhere. Simpkin whips open the lid of the basket; Thomouse pops his head out like a jack-in-the-box; Simpkin pushes him back and grabs his coat, shuts the hamper. The Tailor turns round.

TAILOR Ah! There it is! No more delays; off you go.

Simpkin puts on the coat, and is unwillingly led to the door. With a last glance in the direction of the hamper he goes out into the snow. (Wind noise).

The Tailor pulls his chair up to the fire, and settles into it.

TAILOR (*blowing his nose*) Alack, I am worn to a ravelling, and have a fever coming on. But . . . I am to make a coat for his Worship the Mayor. (*Begins to doze off*) And an embroidered waistcoat, to match—and there is stuff enough. There will be no more left over than would make tippets for mice and ribbons for mobs . . . (*Yawns*) no more left over . . .

It is very quiet; the Tailor sleeps. Only the sound of his snoring. Suddenly from the hamper a loud tapping.

TAILOR (*waking with a start*) What was that! I'm sure I heard something. A tip-tip-tapping. (*He listens. Nothing*) Ah, well . . . ah, well . . .

He dozes off again. Suddenly more tapping, more urgent, from the hamper. Once more the Tailor wakes.

TAILOR There it is again. A tap-tap-tipping. Like children skipping. Or a coin that's flipping. (*Listens. Nothing*)

He gets up and looks about. He goes over to dresser.

It's this fever I have. That's all; no tipping, no tapping. (*Yawns*) Just napping.

Very *loud tapping from the hamper. He starts; cautiously looks at the outside. More loud tapping. He jumps a mile.*

TAILOR What can that be? (*Listens again. More tapping*) This is most peculiar. (*He undoes the lid of the hamper, carefully raises it. Out hops Thomouse.*)

THOMOUSE

Thank you kind Sir, for letting me free.
A pussy-cat's dinner I'd rather not be.

The Tailor is amazed.

5. *Thomouse bows and performs a little jig, accompanied by the orchestra, then runs off to join the other mice, who welcome him warmly.*

TAILOR This is very peculiar!

The Tailor goes to sit. Before he can . . . tap tip tap again.

TAILOR Very peculiar indeed. (*He cautiously raises the lid. Out steps Nibbler*).

NIBBLER (*curtseys*)
Thank you good sir, for letting me go.
That cat's got a cheek for treating me so!

She dances to the same music as Thomouse then scampers off to join the others. The Tailor sits on the hamper.

TAILOR Did you ever . . . (*Ferocious banging from inside the hamper. The Tailor leaps up. Opens the lid. Out steps Dormouse*).

DORMOUSE (*curtseys*)
For letting me out, I'm most grateful, good sir.
And we'll not forget how most helpful you were.

All the mice come forward into the kitchen area, some shyly; they aren't used to direct contact with humans. As they came forward they sing . . .

ALL MICE
Hickory, dickory, dock,
The mouse ran up the clock.
The clock struck one,
The mouse ran down,
Hickory, dickory, dock!

TAILOR (*to the audience*) Was I wise to let loose these mice, undoubtedly the property of Simpkin?

The mice nod eagerly. The introduction to 'We Wish you a Merry Christmas' starts.

The Tailor sits in his chair; then sneezes. The mice gather round him.

THOMOUSE We wish you health,

NIBBLER We wish you wealth,

DORMOUSE We wish you gold in store;

THOMOUSE, NIBBLER, DORMOUSE
We hope you will enjoy our song—
What could we wish you more.

6. **HALF OF MICE**
We wish you a merry Christmas
We wish you a merry Christmas,
We wish you a merry Christmas
And a happy New Year.

OTHER HALF OF MICE
We wish you a merry Christmas,
We wish you a merry Christmas,
We wish you a merry Christmas
And a happy New Year . . . etc.

As the mice sing, the Tailor grows drowsy. He walks to the bed and sits down. The mice, still singing, follow him. The song becomes more like a lullaby.

HALF OF MICE
Winter is bitterly cold;
Now it is snowing.

OTHER HALF OF MICE
Wind blows, earth freezes stone hard—
Nothing is growing.

ALL MICE (*very quiet*)
We wish you a merry Christmas,
We wish you a merry Christmas,
We wish you a merry Christmas
And a happy New Year.

By now the Tailor is nearly asleep. The mice repeat the chorus in tiny mousey voices. Over them the Storyteller speaks.

Scene 7

The City Square

STORYTELLER (*looking from the kitchen to the market*) As the Tailor grew more and more sleepy and more and more sick, Simpkin did his shopping in the market.

Simpkin appears with his basket. He goes to the dairy stall; holds out his jug.

DAIRYMAID A pennyworth of milk, is it, Simpkin? (*Sings, or speaks, as she pours the milk*)

Milk! Fresh milk! A jug for a penny!
Come buy my milk! As creamy as any!

(*To Simpkin*) Let's see your money then! (*Simpkin holds up his groat*) A fourpence! That's a lot of money for a cat! Here's your change—Mind you don't lose it now.

Simpkin takes the jug and heads off to the Butcher's stall.

BUTCHER

There's sausage in skins!
There's fats and there's thins!
Come buy at my stall!
Fine sausage for all!

He sees Simpkin.

The usual, I'll be bound. A pennyworth of sausages. Only the best for Mr Prichard the tailor. (*Cuts some sausages off a long string and gives them to Simpkin*) Don't eat them all before you get home, ha, ha, ha! (*Simpkin shakes his head. He's a bit afraid of the butcher with his knives*) You got three pennies here; if I take one that'll leave you—one penny! Ha, ha ha, only joking! You got two left; spend 'em careful!

Simpkin leaves the stall to find the Baker's cart.

BUTCHER (*as Simpkin goes*)

Don't stand there and gawk!
I've got beef, I've got pork!
Fine sausage for all!

Come buy at my stall!

Mrs Speck passes as she shops for her Christmas goodies. Tom is with her, nearly invisible behind piles of shopping.

MRS SPECK Simpkin, Simpkin! His Worship is to be married in three days; tell your master there must be no delay with the coat. (*To all the citizens gathered round*) Mr Prichard is making a fine new coat for the Mayor's wedding. You will be dazzled!

The citizens nod and murmur 'can't wait!' 'that'll be nice'. *She dumps another parcel on Tom.*

I must be off, so much to do, so little time! (*She bustles off, Tom follows.*)

Simpkin meanwhile has a nibble at one of his sausages. He makes his way to the Baker's stall.

BAKER

Fresh bread, all hot!
Spiced cakes, that's what!
Meat pies I've got!

(*Sees the cat*) Now Simpkin, how much *you* got? Two pence; two pennyworth of bread then? That's a lot of bread.

Simpkin is shaking his head violently. He holds up one paw.

Just one pennyworth of bread, then. (*Gives the bread*) And that'll leave you just (*pretends to find sum very difficult*) er . . . two, take away one. Um . . . er . . . I know, none! Just my humour! What you going to spend it on Simpkin? (*Leans very close and confidential*) I got some lovely meat pies. (*Shows one to Simpkin*) They're delicious. And between you and I—know what's in 'em? (*Even closer*) Rat! Rat pies they are. Go on—three a penny.

Simpkin is tempted and about to fall when . . .

MRS SPECK (*passing again*) Three days, that's all. Tell your master. The Mayor expects great things. (*To Tom*) Come boy, come. So little time! So much to do!

Mrs Speck, followed by Tom, sweeps on her way.

Simpkin grabs his last penny from the Baker. He pushes through a chattering crowd of children who surround him.

CHILDREN OF GLOUCESTER (*sing, or speak*)
Christmas is coming, the goose is getting fat,
Please put a penny in the old man's hat.
If you haven't got a penny, a ha'penny will do,
If you haven't got a ha'penny, God Bless You!

A rough boy snatches Simpkin's last penny and makes off with it. He dodges through the crowd, holding the penny in the air. The Town-crier catches him by the arm.

TOWN-CRIER I saw that. You give that penny back to Simpkin, or I'll tell your mother.

ROUGH BOY Don't tell my mum on me, sir. She thinks I'm a good boy.

TOWN-CRIER I catch you again, I'll kick you into next week. Then you'll miss Christmas.

The boy gives the coin back to Simpkin, sticks his tongue out at the Town-crier and rushes off into the crowd.

Simpkin finds a pedlar, pack on back, a tray around his neck, colourful ribbons all over him. They are selling fast; girls wear them in their hair; boys round their arms.

PEDLAR Jolly colour! Holly colour! Come-and-lick-a-lolly-colour! (*Sees Simpkin*) Scat, cat! Clear off. Nothing here for you. Except a sore head. (*Simpkin holds up the last penny*) Ah, well, that's different. A whole penny, eh? Well, what do you want?

Simpkin points to the threads.

Jolly colour? Holly colour? ... No? How about ... Merry colour, Cherry colour, here you'll find your very colour ... (*Simpkin nods his head violently and points to the cherry thread*) Good choice, good choice. There we are, best cherry-coloured silken twist. (*Hands it over*) One penny.

Simpkin pays up, moves away.

PEDLAR Here we are, lads and lasses, fine colours, wine colours, come-and-make-me-thine colours. ... (*Fades into distance*) Yule colours, cool colours, good-to-take-to-school colours ...

Scene 8

The Tailor's Kitchen

The Tailor is nearly asleep on his bed. Some mice remove his glasses and shoes while others pull the covers up over him.

They leave the bed and have a meeting at the other end of the kitchen.

FAMOUSE (*taking charge*) Mice! Pay attention! The Tailor, our friend, is not well. He needs our help.

OTHER MICE Hear, hear.

FAMOUSE What are we to do?

MICE (*all at once*)
Make him better!
Make him a mice cup of tea!
Warm his socks.
Give him a pill!
Plump up his pillow!
Hold his hand.
Find his teddy.
Get him a clean hanky.
Give him a mice cream.
(etc. etc.)

FAMOUSE Order! ORDER! I will have order! (*Silence falls*) Who wants to speak first?

ALL I do! I do! Me! Me!

FAMOUSE Alright, alright. Mr Squeaker!

SQUEAKER Well, you know his shop? (*He looks round nervously; doesn't want the Tailor to wake and hear. All the mice huddle round him, like a rugby scrum, and start whispering. From this we hear*)

WHISKERS I say! Good idea.

BUMPKIN I wish I'd thought of that.

IGNORAMOUSE I wish I'd thought of anything.

DORMOUSE I'm so sleepy. (*Yawns*)

ENORMOUSE We'd better get a move on.

The scrum breaks up

FAMOUSE We'll take a vote on it. All those in favour say eyes.

ALL MICE Eyes! (*The Tailor stirs in his sleep. Much shushing amongst mice*)

FAMOUSE (*quietly*) All against say nose! (*Silence*) The eyes have it. Mice! Do your duty!

At that moment Simpkin moves toward the kitchen, his shopping finished. The mice see him. After a moment of panic they all scatter. Except Dormouse, who has nodded off.

Just as Simpkin comes in, Whiskers rescues Dormouse and drags her off.

In the distance can be heard the Coventry Carol.

7. CHOIR

Lullay, thou little tiny child,
Bye, bye, lullay, lullay.
Lullay, thou little tiny child,
Bye, bye, lullay, lullay.

Simpkin puts down the milk, sausages and bread. He crosses to the hamper and has a listen. Nothing. He listens closer. Gingerly opens the lid a crack. Then flings it open. No mice. He chucks out rags and an old kettle. The clang wakes the Tailor.

TAILOR (*still half asleep*) Ah, Simpkin, you have returned. Where is my twist? My cherry-coloured silken twist for the Mayor's coat?

Simpkin stands with the twist behind his back so the audience can see it. The Tailor can't. Simpkin shrugs and shakes his head as if to say 'I couldn't get any'.

TAILOR (*struggling to sit up*) What! No twist? Alack, I am undone! I a . . . ah . . . a . . . a . . . ah . . . aaaah . . . aaaaahhh-tishoo!! . . . am undone.

He lies down again, Simpkin hides the twist in the teapot. Another quick scour around the room for his mice. Nothing. Simpkin is angry.

CAROL SINGERS (*in the distance*)
Herod the King, in his raging,
Charged he hath this day
His men of might, in his own sight,
All children young to slay.

During this second verse Simpkin does an angry dance, threatening the unconscious Tailor with his claws.

TAILOR (*suddenly sitting up*) Only three days! And no more twist! (*He collapses unconscious again*)

Simpkin takes one last look at the Tailor. Growls. Curls up in front of the fire and goes to sleep.

STORYTELLER So the poor Tailor took to his bed, sick in body and troubled in his mind. He had but two days to complete the Mayor's finery . . . and no help at his shop; no twist to finish the work; and he himself in a poor way . . .

In his fever he dreamt; of coats and waistcoats in rare cloths; of pockets and packets of pins; of collars and cotton; of buttonholes and chalk and mice that talk . . . (*His voice fades as he steps back into the shadows*)

This is a nightmare. If possible have lights just on the bed so that people appear out of the dark; they move silently and use ghostly whispery voices. The orchestra can make spooky noises.

The Tailor is restless, murmuring in his sleep.

The Choir start a quiet chorus of 'tick-tock' which gets louder as the nightmare continues.

TAILOR Twenty-four pockets lined with buttonholes, all to be stitched up in golden braid . . . The neck, 220 inches; to be worked in cherry-coloured silken waistcoats . . .

Out of the shadows comes the Mayor, gliding to the bed.

MAYOR The coat has to be smart. We must look the part!

Comes the Bride

BRIDE The fit must be right! In width and in height!

Now Mrs Speck

MRS SPECK Three days! Time to spare! Get your needle. Prepare!

The Tailor is turning in his bed; the covers all tangled.

BRIDE Is he really a tailor? A tinker? A sailor?

MAYOR He's a humbug. Imposter. This Tailor of Gloucester!

MRS SPECK Time is passing, tick tock. You can't stop the clock.

They circle menacingly round the bed.

BRIDE To enter wedlock, on the church door we'll knock.

MAYOR The people will mock if I'm wearing a smock.

MRS SPECK So hurry, tick-tock! Christmas day, twelve o'clock!

CHOIR (*much louder*) Tick-tock. Tick-tock. TICK-TOCK. TICK-TOCK.

The Tailor sits up suddenly. Silence. Mayor, Bride and Mrs Speck slip away. After a pause . . .

STORYTELLER (*watching all this*) Two nights and one day passed by in his fever; now it was Friday morning; Christmas Eve.

Outside the Town-crier starts ringing his bell.

TOWN-CRIER Christmas Eve, and all's well . . . Christmas Eve, and all's well . . . (*He stops ringing the bell*). Christmas Eve, and all's well . . .

The Tailor, suddenly wide awake, hears these words.

TAILOR Christmas Eve! Christmas Eve! Have I slept so long? Just one day left to stitch the coat. I must rise and set to work . . . (*He tries to get up, but the effort is too much*) One and twenty buttonholes finished with cherry-coloured silken twist (*He falls back*) . . . to be cut bias . . . the skirts two hundred and twenty inches . . . and no more twist . . . (*He sleeps again*)

Simpkin watches, worried.

Scene 9

The Town Square near the Tailor's Shop

The citizens of Gloucester come on to do their last minute shopping.

STORYTELLER Out of doors the people of Gloucester went about their shopping. They hurried through the snow to buy their geese and turkeys, and to bake their pies, but there would be no Christmas dinner for Simpkin and the poor old Tailor of Gloucester. And likely no coat for the Mayor either.

The Mayor, Tom and Mrs Speck arrive outside the Tailor's shop.

MAYOR Time to try the coat on Mrs Speck. How fine we shall be! Eh Tom? (*Tom nods happily*) All Gloucester shall be proud of us!

He peers in the window.

It's very quiet in there. (*Listens*) We thought tailors sang while they worked. (*Mrs Speck pushes him aside, none too gently, and has a look.*)

MRS SPECK (*calling*) Mr Prichard, Mr Prichard! (*She bangs on the window*) Where can he be? What's got into the man? (*To Tom*) Why is he not working on His Worship's coat?

Tom opens his mouth to reply.

MRS SPECK Never trust a tailor or a sailor. They promise all, then up anchor and away.

MAYOR But our wedding is tomorrow. And no coat! What will the people think? (*Frightened*) And what will our dear bride say? (*An idea*) Maybe he works at home!

MRS SPECK No tailor works at home. They need their paraphernalia.

MAYOR Their para . . . ah, yes, that's exactly what they need. Can't manage without it! Eh,Tom?

TOM Er. uhhh . . .

MRS SPECK (*as they go*) If he lets us down, he'll not work here again. It'll be goodbye, Mr Tailor, and never mind waving.

Scene 10

The Tailor's Kitchen

The introduction to 'The First Nowell' is heard.

The Tailor is fast asleep.

8. CHOIR (*perhaps do a circuit of the stage as they sing this verse*)
The first Nowell, the Angels did say,
Was to certain poor shepherds in fields where they lay,
In fields where they lay watching their sheep,
On a cold winter's night that was so deep.

Nowell, nowell, nowell, nowell,
Born is the King of Israel.

STORYTELLER (*talking over the Choir as they hum the second verse*) It is still Christmas Eve, and very late at night. The time when all good children lie asleep, their stockings hanging by the fire. The presents are under the tree, ready for the morning. The world holds its breath . . .

CHOIR (*loud*)
Nowell, nowell, nowell, nowell,
Born is the King of Israel.

The Choir stops. Simpkin wakes, tiptoes over to the Tailor to have a look.

STORYTELLER (cont'd) The Tailor lay quietly now, the worst of his fever gone. But Simpkin still wanted his mice, for he was very hungry.

Simpkin goes to the hamper and has a final look for his mice. Nothing. Over to the milk jug; upends it. Nothing. To the larder. No sausages; just a crust of bread, which he nibbles.

Being hungry on Christmas Eve is no bad thing, because next day there'll be a rich feed; but that was not so for Simpkin and the Tailor of Gloucester.

TAILOR (*murmurs in his sleep*) My twist Simpkin, where is my twist! (*Falls asleep again*)

Simpkin starts, realises the Tailor is dreaming. He goes to the door, lets himself out.

Scene II

The Streets and Alleys of Gloucester

Simpkin walks cautiously as if on snow. (Lighting change to moonlight if possible)

STORYTELLER The moon climbed up over the roofs and chimneys, and looked down on Gloucester fast asleep under the snow. All was quiet until . . .

A bell strikes twelve times. After about three chimes the Storyteller continues.

STORYTELLER It is in the old story that all the beasts can talk, in the night between Christmas Eve and Christmas morn; though there are few folk can hear them, or know what it is they say. They talk from the stroke of midnight till first cock crow.

The last few strokes sound. As they end, the Choir start a twittering and a chattering. They are all the birds, squirrels, rats, dogs, cats of Gloucester catching up on a year's news.

SIMPKIN (*turning suddenly to the audience*) At last! I can talk! 1-2-3-4-5. Testing. Good, I can still do it, after a whole year. I've got so much to say. It's a dog's life, being a cat . . .

He is interrupted by a cock and a hen. The cock struts proudly.

9. COCK-O-THE-WALK (*sings*)
Dame get up and bake your pies,
Bake your pies! Bake your pies!
Dame get up and bake your pies
On Christmas day in the morning.

HENRIETTA You mustn't wake them yet. Henry! There's still hours to go.

COCK-O-THE-WALK Everyone must wake when I crow! I'm an alarm Cock!

Henrietta hurries him off. Simpkin watches them go.

SIMPKIN Oh, dilly, dilly, dilly, that Cock's plain silly.

He walks on. Two sparrows come on carrying stools, on which they perch.

10. SPARROWS (*sing*)
Once I saw a little bird come hop, hop, hop.
So I cried 'Little bird, will you stop, stop, stop?'
And was going to the window to say 'How do you do?'
When he shook his little tail, and away he flew!

They hop off, shaking their tails.

SIMPKIN So that's what sparrows mean when they 'tweet, tweet, tweet'.

Two bats hanging upside down from a pole are carried on. Simpkin tries to bend over to see them the right way up.

FIRST BAT (*using a tiny squeaky voice*) Buzzz, quoth the blue fly,

SECOND BAT Hummmmmm, quoth the bee;

BOTH BATS Buzzz and hummm they cry
And so do weeee!

The bats are carried off, buzzing and humming.

SIMPKIN Quite batty! Their brains go funny from hanging upside down!

Three drunk rats, Drat, Brat and Grouch, come down the street. They carry drinks and have drums to play on. There is Ratneys Ale and Rodentbrau. Simpkin moves into the shadows.

11. RATS (*sing*)
There came a man to our town,
There came a man to our town
And his name was Aiken Drum
And he played upon a ladle,
And he played upon a ladle,
And his name was Aiken Drum.

Simpkin takes a sheet from a clothes line and hides beneath it.

And he ate up all the guid roast beef,
The guid roast beef, the guid roast beef.
And he ate up all the guid roast beef,
And his name was Aiken Drum.

One of the rats finds Simpkin's tail. They take the sheet off him. Simpkin is frightened.

DRAT Here! Look at this! A present for Christmas!

GROUCH Shall we eat him now, or save him till later?

BRAT He's the one who likes rat pie. We could make cat pie! That would stop him chasing us!

SIMPKIN But I don't chase rats! It's dogs that chase rats. Cats chase *mice.* (*Weakly*) I don't know what mice chase.

GROUCH You chased my daughter Ratlene!

SIMPKIN Didn't!

GROUCH/DRAT/BRAT You did so!

SIMPKIN I thought she was a mouse. Because she's little.

RATS (*chanting*)
You're a bully.
You tell lies.
Pick on someone
Your own size.

They circle round Simpkin menacingly. Just then the terrier bounds on and bares his teeth at the rats.

TERRY (*to the rats*) Clear off! Or I'll bite you!

The rats scurry away

(*To Simpkin*) That's what GROWWWL means. Not many people know that. (*Seeing that Simpkin is frightened of him*) Don't be nervous. I don't eat cats. Just chase 'em for fun. I'm old Mother Hubbard's dog. You know—
'Old Mother Hubbard, went to the cupboard
To fetch her poor doggie a bone . . . er . . .'

SIMPKIN (*taking up the poem*)

'When she got there, the cupboard was bare,
And the poor little doggie had none.'

TERRY That's it! Fancy you knowing! Pity we can't talk all the time, it would avoid so many muddles . . . (*Quietly*) Look, I wonder if I could chase you just for a minute? The other animals expect it.

SIMPKIN Of course. No trouble at all.

TERRY Good chap. You catch on quick. I'll give you a start of three. (*Simpkin nods*) One, two, three!

Terry chases Simpkin all round the audience. Meantime the next scene is set up.

Scene 12

The Tailor's Shop

The mice are inside the shop. As they work on the coat they march about; weaving in and out. Now like a maypole, now in military formation. Pitter and Patter are naughty, fighting with needles, using the buttons as hoops or frisbees. Dormouse is asleep, as usual.

While the mice sing, Simpkin creeps up to look in the window.

12. MICE (*sing*)
Four and twenty tailors
Went to catch a snail,
The best man amongst them
Durst not touch her tail;
She put out her horns
Like a little Kyloe cow
Run! tailors, Run!
Or she'll have you all e'en now!

FAMOUSE (*to Pitter and Patter who are wrecking the work*) Hey! you two! Stop that or Simpkin will come for you!

They settle down to work again. Nibbler seems to be in charge of the sewing. She firmly takes command.

NIBBLER This has to be finished by dawn, so back to work! Dormouse! Wake up! You have four pocket flaps to finish!

SQUEAKER You'll make her get in a flap!

NIBBLER Famouse! That's not how you embroider roses! That's more like a cabbage. Thomouse, show him how to do it.

BUMPKIN What shall I do now? I've finished the neck; all nineteen inches.

ENORMOUSE (*emerging from under a huge piece of cloth*) And I've seen to the lining; it's all stitched up.

IGNORAMOUSE What am I supposed to be doing?

NIBBLER Finish off the buttonholes, that's what. There's only one left to do; take some twist, use your wrist.

IGNORAMOUSE I can't find any twist. It's all gone.

NIBBLER I bet it's there. You haven't looked properly.

IGNORAMOUSE I have too! I've looked everywhere. The Tailor must have counted wrong.

FAMOUSE (*taking charge*) Alright, alright. Everybody look. Where is the rest of the twist?

They all hunt for it.

DORMOUSE (*yawning*) It's no good, there isn't any.

NIBBLER The Tailor sent Simpkin for it, I heard him.

SQUEAKER No wonder he never got it.

DORMOUSE Simpkin did get it! He hid it in a teapot. I know. I was in the teapot!

Simpkin, listening outside, feels a bit ashamed. He scratches on the door. The mice see him for the first time.

WHISKERS Look! There he is! The meanest cat in Gloucester!

Pitter and Patter start crying; they are frightened of Simpkin.

FAMOUSE (*comforting them*) No need to be frightened. That big bully can't reach us.

They all form up facing Simpkin, safely outside.

13. ALL MICE (*sing*)
Three little mice sat down to spin,
Pussy passed by and she peeped in.

NIBBLER (*acting a cat*) 'What are you at, my fine little men?'

ALL MICE 'Making coats for gentlemen.'

NIBBLER 'Shall I come in and cut off your threads?'

ALL MICE 'Oh no, Miss Pussy, you'd bite off our heads!' (*They all laugh*)

Simpkin is annoyed now. This is too much.

SIMPKIN (*to the audience*) Did you see that? Mice! Sewing! Yeurrggh. Sissies. (*To mice*) Come out here and face me ... wait a minute! What are you doing?

FAMOUSE We're helping the Tailor. Not like some I could mention!

(*After each insult the mice laugh; 'Hee, Hee, Hee!'*)

WHISKERS Lazy, fat! Alley cat!

THOMOUSE Fat cat sat on the mat. Lady came, squashed him flat!

ENORMOUSE What's brown and looks well on a cat?

BUMPKIN A dog! (*They all laugh at this*)

SQUEAKER What's a cat look good in?

IGNORAMOUSE A sack!

FAMOUSE Come on! Back to work. We can't waste time on a cat who never helps anyone.

SIMPKIN (*stung by this*) I do help, I do!

FAMOUSE Oh yes? With what?

The mice all listen with interest.

SIMPKIN

I help with the housework, I shop twice a week;
I keep the place lived in and warm, so to speak.
I'm clean and I'm tidy, purr nearly in tune,
From Monday to Friday look after the room.
All things considered, I'm gentle and nice,
Though once in a while, I do catch a few m(ice)...

Chorus of boos and hisses from the mice.

NIBBLER (*who has been rooting around in the background*) We're definitely short of twist. We've used three bits and we need four.

ENORMOUSE (*to Simpkin*) It's all your fault! We're trying to help, and you ruin it!

Simpkin looks really ashamed now.

SIMPKIN I only borrowed it. (*Kicks the ground*) Anyway, I didn't know the Tailor was going to be ill.

FAMOUSE
Three boos for Simpkin!
Hip, hip, (*the others—and the audience—join in*) BOO!
Hip, hip, BOO!
Hip, hip, BOO!!

NIBBLER Come on everyone! We're running out of time. Back to work! (*She pulls a curtain to shut Simpkin out*)

As they return to their sewing . . .

MICE (*to the tune of Three Blind Mice*)
No more twist! No more twist!
What shall we do? What shall we do?
We've needles and thimbles and scissors enough,
We've plenty of buttons and lining and stuff,
We can make every pocket and collar and cuff,
But No More Twist!

Simpkin slinks off.

Scene 13

The Streets of Gloucester

SIMPKIN (*upset*) Well, it was the Tailor's fault. Fancy sending a cat out in the snow like that! In the snow! Have you had wet snow in your fur? Well, it's not nice. And he let those mice go! My dinner!! And the twist. What's a silly bit of thread matter anyway?

Just the Cock-o-the-walk and Henrietta come on; he prepares to crow.

SIMPKIN Not yet, it can't be dawn already!

The Cockerel produces a huge watch from a pocket. Looks at it.

COCK-O-THE-WALK Time's up! Back to cat talk till next Christmas!

HENRIETTA He's right. It is time.

SIMPKIN I'm just explaining to the people. (*Quickly as he sees the cock about to crow*) Alright! I'm sorry about the twist. Here's what I'll do

COCK-O-THE-WALK COCK-A-DOODLE-DO! COCK-A-DOODLE-DO!!

SIMPKIN Merwow-ww! Growlssch! (*Trying to speak*) Arrrhh. (*Gives up*)

The Town-crier appears ringing his bell.

14. TOWN-CRIER (*sings*)
Christmas morn and all is well.
Christmas day and all is well.
Christ is born in Bethlehem
On Christmas morn in Bethlehem.

The Town-crier stops ringing his bell to watch Simpkin pass by.

STORYTELLER So Simpkin walked home in the snow, a sadder and a wiser cat. As for the Tailor ... Maybe nature took her course; maybe it had something to do with that holy time of year; but, do you know, when he woke on Christmas morning he was better, and all his fever gone!

Scene 14

The Tailor's Kitchen

Simpkin enters and goes to look at the Tailor who is lying quietly.

TOWN-CRIER (*ringing his bell again as he goes off*)
Christmas day and all's well!
Christmas day and all's well!

Simpkin goes over to the teapot and takes the twist out. He thinks hard about it. Shrugs his shoulders, goes to the bed and puts the twist on the pillow beside the Tailor's head.
The Tailor stirs. He is waking up.

TOWN-CRIER (*distant now*)
Christmas morn, and all's well! (*The Tailor half sits up*)
Christmas morn, and all's well.

The Tailor sits bolt upright in bed. He doesn't see the twist.

TAILOR Christmas morn! (*Doesn't believe it*) Christmas morn?? I have lain for three days? And the Mayor's coat barely started. (*He rises from the bed. He is very wobbly*) What will the Mayor say? Worse! What will Mrs Speck say?

Simpkin is trying to show the Tailor the twist on the pillow

I must hurry to my shop! (*Stops with his trousers half on*) But! I have no more twist.

He slumps on the bed, defeated. Simpkin picks up the twist, puts it under the Tailor's nose. The Tailor brushes it away.

TAILOR I've no time to smell things! (*Simpkin gives him his glasses. Holds up the twist again*) Very nice, Simpkin, cherry-coloured silken twist. (*Comes fully awake*) Cherry-coloured silken twist!

The Tailor gives Simpkin a huge hug. Then rushes about putting on his coat, hat and shoes, talking as he goes.

TAILOR If I can but reach the shop before the Mayor calls for his coat, all may be well. Come, Simpkin, to the shop! To work! Away!!

He rushes out, forgetting the twist. Simpkin picks it up.

SCENE 15

The Streets of Gloucester

In the street, children sing; people go about Christmas tasks; to church, to get their lunch baked; to see their friends.

Simpkin hurries after the Tailor.

15. CHILDREN OF GLOUCESTER

I saw three ships come sailing by,
Sailing by, sailing by,
I saw three ships come sailing by,
On Christmas day in the morning.

They pass some carol singers. Some good-natured rivalry between the groups.

CAROL SINGERS

Good Christian men, rejoice,
With heart and soul and voice.
Give ye heed to what we say;
Jesus Christ is born today!
Ox and ass before him bow,
And he is in the manger now.
Christ is born today,
Christ is born today!

The music tails off as the singers move away.

TAILOR (*as he hurries on*) I have my twist. Alack! But no more strength—nor time—than will serve to make me one single buttonhole; for this is Christmas day in the morning! The Mayor of Gloucester will be married at noon, and where is his cherry-coloured coat? Where the waistcoat embroidered with pansies and roses?

Simpkin and the Tailor push their way through the crowds. Just as they arrive outside the shop Mrs Speck arrives.

MRS SPECK We have tried to see you these three days past, Mr Prichard. Where have you been? Lying in bed, I dare say, taking your ease.

The Mayor arrives importantly with Sam.

MAYOR Ah, Mr Prichard! We, myself, have come to try on our coat. For our wedding! (*To Mrs Speck*) What do you think, Ma'am? Will it suit us?

MRS SPECK (*doubtfully*) Maybe, sir, if this Tailor has done his work as he ought.

MAYOR He has! Hasn't he, Mr Prichard! (*The Tailor swallows hard. To Tom*) No-one lets the Mayor of Gloucester down. (*Tom shakes his head*) Not on Christmas day! Eh? Mr Prichard?

Simpkin is trying to show the Tailor it is safe to go in

TAILOR (*ignoring Simpkin*) Well . . ., Sir, I . . .

MAYOR Of course not! Well, man, let's not stand in the cold. Can't wait to see the coat. In! In!

TAILOR (*hanging his head*) I fear . . . it is not quite finished, sir . . .

MRS SPECK (*triumphant*) What did I say! Never trust a tailor!

MAYOR Not quite finished? Not quite finished? It had better be finished, sir. Or *you* will be finished. Quite finished.

He barges past the Tailor into the shop.

Scene 16

The Tailor's Shop

In the middle of the shop is a tailor's dummy covered with a cloth. Everything else has been tidied away.

The Mayor and Mrs Speck look around. The Tailor follows.

Simpkin takes the cloth off the dummy. There is the beautiful finished coat. The Tailor can't see it as the Mayor is in the way.

MAYOR (*impressed*) Stripe me purple! Mrs Speck! Look at this! Can you believe your eyes. (*She can't*)

The Tailor comes forward, sees the coat, and faints into Simpkin's arms. The Mayor doesn't notice.

MAYOR
Look at the wonderful finish!
Look at the wonderful style!
It will make me look handsome and thinnish;
How all the good people will smile!

MRS SPECK (*grudging*)
Not bad when you think of the hurry
He's been in to get ready on time;
After all of that waiting and worry;
Why it really looks rather sublime.

MAYOR Mr Prichard! What can I say? What do you think, Tom? Shall we try it on, eh? (*Sees a tiny note pinned to the coat*) What's this, what's this? (*Reads*) No . . . more . . . twist.

He takes the coat and tries it on. A perfect fit.

The Tailor is coming round. He takes the note from the Mayor.

Meanwhile the mice, led by Famouse, are creeping up to the shop and watching the scene. The Tailor sees them. Famouse and the others nod vigorously. (Yes, it was us!)

TAILOR (*reading*) No more twist. (*Alarmed*) No more twist! (*Simpkin hands him the twist*) Ah, Simpkin, you have saved the day. (*To the Mayor*) As I said, sir, not quite finished. (*He takes the waistcoat*)

The Tailor gives the note to Tom, who turns it upside down. The Tailor gets on to his table with waistcoat, needle and twist, and sets about finishing the last buttonhole.

The Town-crier enters.

TOWN-CRIER The whole city—and your bride—await, your worship. I come to lead you to your wedding. And if I may say, sir—that is the most beautifullest coat ever worn by a Mayor of Gloucester.

MAYOR You may Mr Bellowes. But one moment. We have a duty to do. Mrs Speck!

Mrs Speck fumbles in her garments for a purse, heavy with gold.

MRS SPECK (*handing it to the Mayor without enthusiasm*) The money, your worship.

TOM (*sees the mice*) M-m-m . . . Mice!

Everyone stares at him. They've never heard him speak before. Then . . .

MRS SPECK Aaahhhhhhhhhh! They're here again!! (*She hides behind Simpkin. Tom hides behind Mrs Speck*) Why were they invented? Useless creatures. Catch them, cat!

Simpkin looks at the mice; they huddle together, frightened. Will he catch them? Simpkin shakes his head. The mice are relieved. The Tailor has finished the buttonhole. He gets down.

TAILOR They are more use than you will ever know, Ma'am. (*The mice nod*)

MAYOR (*handing over the purse*) Your reward, Mr Prichard, for your fine work. (*Looking at the waistcoat*) And such neat small stitches! They look as though they've been done by these mice! (*Laughs at his own joke*) Well, Mrs Speck? Will we amaze the people? Tom? (*Before Tom can answer*) Of course we will!

He does a turn in his coat. Admiring himself. The mice all nod in approval.

MAYOR Lead on, Mr Bellowes! The people await us! Good day to you, Mr Prichard. And a Merry Christmas!

TAILOR And to Your Worship.

Town-crier, Mayor, Mrs Speck and Tom leave.

TOWN-CRIER Oyez! Oyez, Good people of Gloucester. His Worship the Mayor is to be married today, this Christmas day, in the morning. Oyez, oyez . . .

As the Town-crier fades away, a few bars musical introduction, during which the mice eye Simpkin nervously. Simpkin extends a friendly paw to Famouse, who grabs it warmly. The Tailor, Simpkin and the mice dance.

2. Mouse music.

After the dance, they all embrace.

Scene 17
The Town Square of Gloucester

The bells of the cathedral ring out. All the townsfolk, Choir, carol singers, birds, rats, dog, bats, hens form up in a long procession to lead the Mayor and his bride from the church.

The Tailor, Simpkin and the mice join in the celebration.

STORYTELLER From then began the luck of the Tailor of Gloucester. He grew quite stout, and he grew quite rich. He made wonderful waistcoats for all the fine gentlemen of the county. Never were seen such ruffles, or such embroidered cuffs and lappets.

He moves closer to the audience as people crowd round the Tailor.

STORYTELLER But his buttonholes were the greatest triumph of all. The stitches were neat—so neat—I wonder how they could be made by an old man in spectacles, with crooked old fingers, and a tailor's thimble on his thumb? The stitches of those buttonholes were so small—so small—they looked as if they had been made by little mice!

He turns and walks back into the crowd. Now the Mayor and his bride enter after their wedding. The Mayor beckons the Tailor to join them. The Tailor beckons Simpkin to join him. Simpkin beckons the mice to join him. They do.

During this carol, Mayor and bride are showered with confetti.

16. ALL

Angels from the realms of glory
Wing your flight o'er all the earth.
Ye who sang creation's story
Now proclaim Messiah's birth;
Gloria in excelsis deo,
Gloria in excelsis deo!

During the applause everyone leaves the stage revealing Famouse; who is discovered sitting, as at the start, on a cotton reel. He waits for a moment, reading his paper. Then, suddenly realising he is alone, runs off.

THE END

THE MUSIC

SOME NOTES ON THE MUSIC

Most of the tunes used in *Simpkin* are traditional; the arrangements I have made of them are not! Many familiar Christmas carols date from Medieval times. Unfortunately our Victorian ancestors thought that these vigorous melodies (originally intended for dancing) needed to be constrained in the corsets of the dullest four-part harmony. Even today they are too often sung in the manner of a funereal dirge. The settings of these carols and children's songs underline the energy of the tunes; the harmonies deliberately explore the ambiguities and strangeness that simple and familiar things frequently possess. As Charles Ives once said to a bemused copyist: 'the WRONG notes are *RIGHT!*'

Instrumentation

The music is designed to be as flexible as possible. Each accompaniment given in the following pages can be played on the piano. But if other instruments are available they can be integrated into the ensemble. Detailed notes on each piece (given below) outline *some* of the possibilities.

No. 1—DECK THE HALLS

Really fast and energetic please! The audience could join in—provided they don't slow things down. The melody can be played on any suitable instruments. Add percussion (drums, cymbals, tambourine, sleigh bells etc) to taste.

No. 2—MOUSE DANCE

This is one of the 18th century melodies composed for, and still played by, the mechanical bells of Gloucester Cathedral. (A little booklet on these bell-chimes is available from the Cathedral bookshop). This quick-tempo dance is ideal for the celesta (should you happen to come across one trying to escape from a performance of THE MAGIC FLUTE). Alternatively it can be played—an octave higher—on the piano. The tune also goes well on the piccolo. Add triangle, tiny cymbals, jingles etc. for suitable mousey effect.

No. 3—THREE BLIND MICE

Strong rhythmic singing. Rather dry, pungent piano accompaniment. No percussion necessary; but try a drum roll and cymbal crash on the tremelo in the piano bass where Simpkin pounces on the mouse.

No. 4—GOD REST YE MERRY

This carol needs really energetic, rhythmic singing—*TWO* in a bar. In the first two verses the piano plays as written i.e. soft sustained bass, sharp staccato treble. The second verse should get gradually louder. The third verse, very loud, can be done with the piano sustaining the right hand chords, while the left hand octaves are played staccato.

A drum should play a constant rhythmic ostinato throughout.

No. 5—THE MICE ARE FREED

Quick and light. The tune goes well on flute or recorder.

No. 6—WE WISH YOU .....

The first 8 bars ('We wish you health' etc) can be omitted if necessary (begin one bar before fig. A).

'We wish you a merry Christmas' should flow forward without sounding hurried. Tuned percussion could be added (delicately) and the tune doubled with a melody instrument if, and only if, it is '*in tune*'!

No. 7—LULLY, LULLAY .....

First time soft and distant; second time loud, close and aggressive. Quite fast. Ideally accompanied by organ. At the end of the second verse hold the B♮ with a big crescendo. The Tailor then says: 'Only three days and no more twist . . .', then play the four piano chords and hold the low D trill as a link into the nightmare sequence that follows.

SCENE 8—THE NIGHTMARE

In addition to the 'tick-tock' of the Choir, sound effects and, perhaps, strange spooky music should be added behind the spoken text of the nightmare sequence. This is a good opportunity for some group composition with the children. A quiet sustained roll on cymbal or tam-tam throughout this section will help to give cohesion to the nightmare and separate it clearly from the surrounding scenes.

No. 8—THE FIRST NOWELL

Solemn, but not too slow. To be played on piano, not organ. Double the melody as desired.

No. 9—DAME GET UP AND BAKE YOUR PIES

Try adding a castanet part to this lively little number.

No. 10—ONCE I SAW A LITTLE BIRD

My favourite number. Give it to one of your best singers, or have the Choir sing it.

No. 11—THE DRUNKEN RATS SONG

A song for the lager-louts of Gloucester. The drum part should probably be played by the orchestra, but if one of the rats is sufficiently sober . . .

Double the melody with Kazoo(s), clarinet, out-of-tune fiddle, bagpipe etc. The piano can also double the melodic line an octave higher, while the piano left hand can be doubled by cello (if one is available).

Add parts for automobile spring coils and 1950s style washboard.

A magic shop can provide imitations of smashing bottles, breaking windows, and Mr MacGregor's greenhouse being razed to the ground. (A more developed version of this scene is available from Ricordi Music Publishers. You will find their address at the beginning of this book.).

No. 12—FOUR AND TWENTY TAILORS

Repeat the first bar in the piano until the mice are ready to sing. Add rhythmic ostinato for thimbles and knitting needles.

No. 13—THREE LITTLE MICE

The spoken passages should be done in rhythm, like Walton's *FACADE*. All the mice join in the chorus. Underline the words 'bite off our heads' with woodblock or claves. If the song is repeated, leave out the spoken bits for the second verse; three mice can perform a little dance. All mice sing the chorus both times.

No. 14—CHRISTMAS MORN AND ALL IS WELL

An accompanied version can be found in Ricordi's extra material—an opportunity for a good singer.

No. 15—CAROL SINGERS

Two groups of carol singers are required—each entering from different sides of the stage area. Their two tunes, first heard separately, are combined in the third verse. If this is too difficult, repeat the first two verses.

Drums can be added to the accompaniment of 'I saw three ships' following the rhythm of the piano bass:

The drums should stop for the second verse ('Good Christian Men') but return for the last verse.

No. 16—ANGELS FROM THE REALMS

This works best with organ accompaniment (or piano and organ) but is designed to allow the whole orchestra to join in. Double the melodic line as desired. Put a cello on the bass, and add tons of percussion, particularly if the audience is singing too.

No. 1—DECK THE HALLS

fa la la la la la la
Troll an an - cient yule - tide car - ol
ff
f

repeat
fa la la la la la la la la la.
ffz

No. 2—MOUSE DANCE

No. 3—THREE BLIND MICE

ev - er see such a thing in your life As three blind mice?
Simpkin catches a mouse
ff
fp

No. 4—GOD REST YE MERRY

Verse 2: "In Bethlehem, in Jewry, this blessèd babe was born" (etc.) – ***mf***
Verse 3: "From God our Heavenly Father a blessèd Angel came" (etc.) – ***ff***

No. 5—THE MICE ARE FREED

THOMOUSE bows and performs a little dance

(repeat the music each time the Tailor frees a mouse....)

No. 6—WE WISH YOU .....

D.C.
wish you a mer - ry Christ - mas
We
p
We wish you a mer - ry Christ - mas
A
D.C.
(con due pedali)
wish you a mer - ry Christ - mas
We
And a hap - py New Year!
(con due pedali)
wish you a mer-ry Christ-mas
We
We wish you a mer-ry Christ-mas
B
(p)
(con due pedali)

wish you a mer-ry Christ-mas
We
A mer-ry Christ-mas and a hap-py New Year.
(con due pedali)
wish you a mer-ry Christ-mas
We
We wish you a mer-ry Christ-mas
C
(con due pedali)
wish you a mer-ry Christ-mas
And a hap-py New Year.
(con due pedali)

Win - ter is bit - ter - ly cold.
Now it is snow-ing
D
more expressive
(less pedal)
p
Wind blows, earth free-zes stone hard.
We
No - thing is grow-ing.
8va
wish you a mer - ry Christ - mas
We
p
We wish you a mer - ry Christ - mas
A2
8va
(con due pedali)

wish you a mer - ry Christ - mas We
And a hap - py New Year!
8va
(dim.)
Hap - py New Year Hap - py New Year
Hap - py New Year Hap - py New
E
8va
loco
dim.
Hap - py New Year Hap - py New Year
Year Hap - py New Year Hap - py New
ppp

Year
rallentando
63
espr.
dim.
pp
(pp)
ppp

No. 7—LULLY, LULLAY.....

First time: soft and distant
Second time (Herod the King): loud, faster, aggressive

No. 8—THE FIRST NOWELL

(𝄒) cresc.
ad lib.
f
deep,
night,
Now - ell,
now - ell,
now - ell,
now - ell,
Born is the
cresc.
f
cresc.
1st time
2nd time
mp
King of Is - ra - el.
And
ff
p
Ped.

No. 9—DAME GET UP AND BAKE YOUR PIES

No. 10—ONCE I SAW A LITTLE BIRD

"how do you do?" When he shook his lit - tle tail and a -
Ped.

3 times
- way he flew! A-way he flew! A-
3 times
f
mp
p
mp

No. 11—THE DRUNKEN RATS SONG

No. 12—FOUR AND TWENTY TAILORS

2nd time
Run tail-ors run or she'll have you all e'en now, have you all e'en now,
run tail-ors run or she'll have you all e'en now!
(They laugh...)
ff

No. 13—THREE LITTLE MICE

CHORUS (all mice)
f
I come in and cut your threads? O no! Miss Puss-y you'd bite off our heads! O

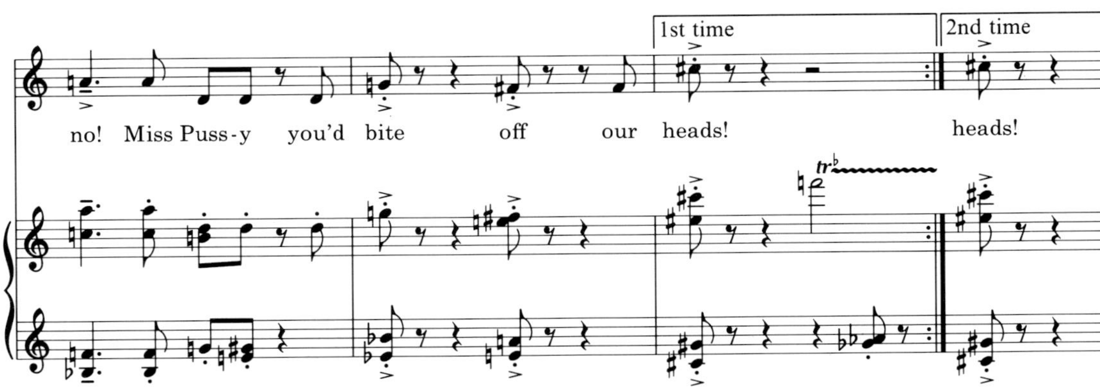
1st time
2nd time
no! Miss Puss-y you'd bite off our heads!
heads!
tr♭

No. 14—CHRISTMAS MORN AND ALL IS WELL

No. 15—CAROL SINGERS

2nd time
2) And
Christ - mas day in the morn - ing.
Carolsingers Group 2
f
Good
with force
Chris-tian men re - joice, with heart and soul and voice,
Give ye heed to what we say,
tr
mf heavier
Je - sus Christ is born to - day!
Ox and ass be - fore him bow, And

he is in the man - ger now, Christ is born to - day,
Group 1
f
I saw three ships come sail - ing by,
f
Christ is born to - day. Good Chris - tian men re - joice, with
tr
mp
sfz
(mp)
sail - ing by, sail - ing by, I saw three ships come sail - ing by, On
heart and soul and voice, Give ye heed to what we say,
sfz
mp

Christ-mas day in the morn - ing. And who d'you think were in them then,
Je - sus Christ is born to-day! Ox and ass be-fore him bow And
sf
tr
sf
mp
tr
mp
in___ them then, in___ them then? And who d'you think were in them then, On
he is in the man - ger now, Christ is born to - day,______
sf
tr
sf
mp
tr
ff
mp
Christ-mas day in the morn - ing.
Christ is born to - day.
ff
mf
p

No. 16—ANGELS FROM THE REALMS

in ex - cel - sis De - o, Glo - - -
- - ri - a, in ex-cel-sis De - o.
1st time
2nd time
o.
Rallentando
(with percussion)
subito p
fff